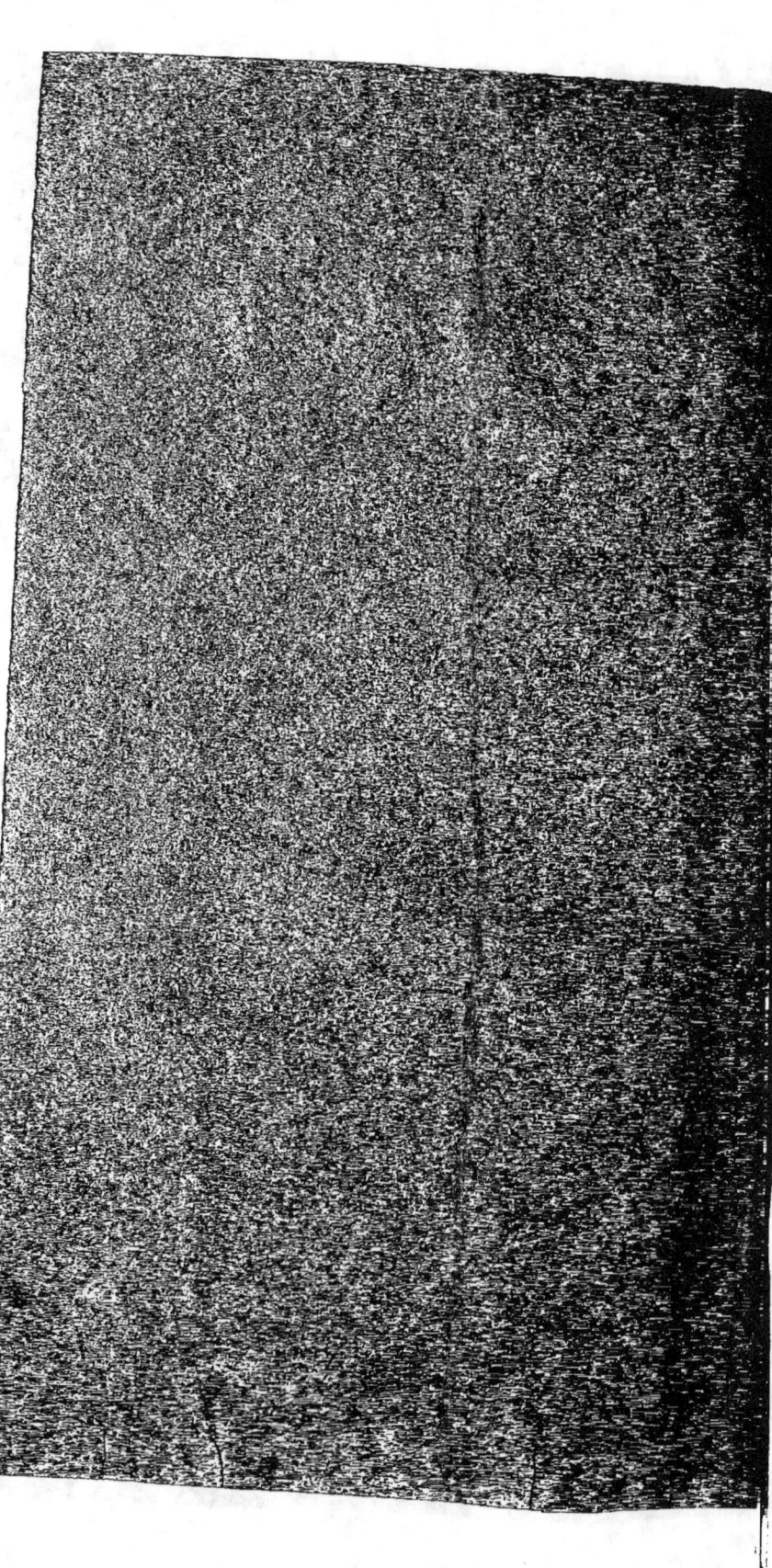

MÉMOIRE
SUR LE CANAL

DU

DUC D'ANGOULÊME.

PAR M. BRIERE DE MONDETOUR,
INGÉNIEUR DES PONTS ET CHAUSSÉES.

PARIS,

ADRIEN ÉGRON, IMPRIMEUR

DE S. A. R. MONSEIGNEUR, DUC D'ANGOULÊME,
rue des Noyers, n° 37.

MAI 1821.

MÉMOIRE

SUR LE CANAL

DU DUC D'ANGOULÉME.

———

Les canaux de navigation sont un des objets d'utilité publique, sur lesquels se portent aujourd'hui l'attention du Gouvernement et celle des capitalistes français.

Parmi les canaux à terminer en France, il y en a peu qui promettent des avantages aussi grands, aussi prochains, aussi incontestables que le *Canal du duc d'Angoulême*.

Si l'on craint que je ne me sois arrêté avec trop de complaisance à considérer le beau côté de cette entreprise, et que je ne ressemble à tant de personnes, pour qui l'objet de leur étude est toujours ce qu'il y a de plus important au monde, on peut m'écouter avec défiance : on fera bien de m'écouter néanmoins, car les choses que j'ai à dire ne sont pas dépourvues d'intérêt.

Ce que c'est que le Canal du Duc d'Angoulême, et quelle en sera l'utilité.

A la fin du seizième siècle, on ne connaissait en France que la navigation naturelle. Pour transporter des objets pesans de la vallée d'un fleuve dans la vallée d'un fleuve voisin, il fallait, ou faire le tour par la mer, ou franchir, en recourant à des efforts pénibles et à des moyens dispendieux, les hauteurs existantes entre les deux vallées.

Sous le règne de Henri IV, époque féconde en créations qui avaient pour objet d'accroître la richesse intérieure de la France et le bien-être des habitans, on entreprit le canal de Briare.

C'est à l'une des heureuses pensées de ce Prince, et à son active bonté, à la prévoyance et aux vues non moins profondes que philantropiques de son digne ministre, que l'on doit la première communication par eau, qui ait été établie dans l'intérieur du royaume, entre deux grandes rivières.

Ainsi disparut la barrière, que la nature avait élevée entre le bassin de la Loire et celui de la Seine. Chacune de ces vallées s'augmenta, pour ainsi dire, de toute l'étendue de l'autre; elle en partagea les productions et les richesses.

« Par le moyen dudit canal,» (ainsi s'expriment des lettres patentes données par Louis XIII en 1642) « toutes les marchandises et denrées « que produisent les provinces d'Auvergne, « Forez, Bourbonnais, Berry, Touraine, An- « jou et les autres, que la rivière de Loire va « arrousant, même celles qui venaient d'Italie, « Provence, Languedoc et Lyon, par la voye « des rouliers et mulets, peuvent dorénavant « être transportées en notre bonne ville de Pa- « ris et lieux circonvoisins jusqu'à la mer, avec « moins de frais et plus de facilité pour les « marchands, avec moins de hasard et plus de « commodité pour les marchandises.......... En « sorte que l'on voit des bateaux, chargés de « diverses marchandises, bascules à poissons « et trains de bois, venus de Roanne, d'Auver- « gne, de Tours, d'Angers et autres lieux, « aborder aux ports de notre dite ville de Pa- « ris, avec grande joie et admiration d'un « chacun. »

D'autres canaux, imitation de ce premier modèle, ont uni depuis le Rhône avec la Ga- ronne, la Loire avec la Saône, l'Oise avec la navigation du Nord, etc. L'échange réciproque des produits du sol et de l'industrie est devenu facile de province à province : l'aisance du peuple, la propagation des connaissances nouvelles, l'adoucissement des mœurs, ont été les heureux fruits de ces relations multipliées. Plus les moyens de circulation et de transport seront nombreux et commodes, plus on en ressentira de bons effets.

Paris communique aujourd'hui avec la mer, par le Rhône, par la Loire, par la Seine, par l'Escaut et par les canaux du Nord.

Le *Canal du Duc d'Angoulême* est destiné à ouvrir, dans la vallée de la Somme, un chemin qui sera plus commode que tous ceux-là, pour remonter de la mer à Paris.

Le bassin de la Somme est contigu, du côté du midi, au bassin de l'Oise et de la Seine; du côté du nord, au bassin de la Lys et de l'Escaut; de sorte que la ligne de navigation, ouverte depuis l'Escaut jusqu'à l'Oise, traverse la vallée de la Somme : elle y pénètre par les canaux souterrains de Saint-Quentin, elle en sort par la tranchée de Jussy.

La chaîne de collines, qui circonscrit la vallée, se trouve ainsi coupée en deux endroits.

Les vins de la Bourgogne et de la Champagne, et tout ce que produisent les riches vallées de l'Yonne, de la Seine, de la Marne, de l'Oise, de l'Aisne, et bien d'autres, sont introduits dans celle de la Somme par la coupure du midi , et exportés immédiatement par la coupure du nord.

En échange, les marbres du Hainaut, les huiles de Flandre, les fromages de Hollande, les houilles surtout, arrivent par la coupure du nord, et s'en vont par celle du midi.

Peu de ces biens restent à la Picardie : à sa porte, à sa vue, et sur son propre terrain (qu'on me permette ce langage), ils paraissent et disparaissent, sans qu'elle en retire aucun profit ; ce n'est pour elle qu'un inutile spectacle.

Une navigation longitudinale, établie dans la vallée de la Somme, partant du canal qui joint l'Oise à l'Escaut, et se terminant à la mer, en un mot, *le Canal du Duc d'Angoulême*, sera pour le pays un bienfait immense : la ville de Paris, les ports de la Manche, la France entière, en retireront des avantages.

J'entrerai là-dessus dans quelques développemens :

La vallée de la Somme, assez peu étendue, mais riche et voisine de Paris, renferme plusieurs villes peuplées et manufacturières.

Le canal achevé, les charbons de Fresnes, d'Anzin et de Boussu arrivent par eau dans Amiens, dans Abbeville et dans beaucoup d'autres lieux ; l'activité des manufactures s'accroît, le prix des objets manufacturés diminue; il y a tout à la fois, bénéfice pour le fabricant, augmentation d'aisance pour le consommateur, travail pour l'ouvrier, qui échappe ainsi à tous les vices dont l'oisiveté est la mère.

Diminution de prix des combus- tibles.

Amiens consomme, chaque année, environ vingt-sept mille stères de bois à brûler, sept mille piles de tourbe et douze mille hectolitres de charbon de terre : le tout ensemble peut

Les notes sont à la suite du Mémoire.

valoir, aux prix d'aujourd'hui (1), 839,000 fr. J'ignore quelle est la consommation de charbon de bois.

Il résulte des expériences rapportées dans le Traité des Machines de M. Hachette, et de quelques autres données, que l'hectolitre de houille, *mesure rase*, équivaut à peu près, quant à la production de chaleur, à $\frac{1}{3}$ de stère de bois à brûler ou à $\frac{1}{11}$ de pile de tourbe (2). Ainsi la chaleur que l'on se procure maintenant, moyennant 839,000 fr., répond à celle que donneraient 170,000 hectolitres de charbon de terre. Cette chaleur, si on la tirait de la houille seule, coûterait actuellement 807,500 fr.

Lorsque les charbons de Mons et d'Anzin seront transportés par le canal, l'hectolitre pourra revenir aux marchands d'Amiens à 3 fr., prix moyen (3), et se vendre en détail aux

consommateurs 3 fr. 60 c. au lieu de 4 fr. 75 c. :
ainsi la chaleur contenue dans 170,000 hectolitres ne coûtera plus que 612,000 f.

Les habitans d'Amiens pourront donc,
après l'exécution du canal, se chauffer aussi
bien qu'aujourd'hui, en dépensant par année
195,500 fr. de moins. L'économie augmentera
quand le canal de la Sambre sera fait, et que
les houilles de Charleroy pourront arriver par
ce chemin.

Je rapporte tout à la houille, parce que les
prix du bois et de la tourbe se mettront nécessairement en harmonie avec celui de cette
matière.

La modicité du prix des combustibles en
fera consommer davantage, non point par les
gens riches, la cherté actuelle du bois n'est pas
assez grande pour qu'ils s'imposent des priva-
tions sur cet article, mais par le fabricant et
par le pauvre.

Le fabricant, pour une moindre somme que
celle qu'il dépense aujourd'hui, se procurera
plus de calorique. Tout est mis à profit dans
une manufacture : il y aura donc augmentation de produits, partant augmentation de
bénéfices.

Le pauvre, et c'est principalement à lui qu'il
faut songer, quand on veut créer des ouvrages

vraiment utiles, le pauvre verra diminuer l'un
des besoins qui lui sont le plus sensibles. Son
âtre sera mieux chauffé, sa famille sera plus
joyeuse et mieux portante en hiver. Trouve-
rait-on que cela ne doit pas être mis au rang
des produits effectifs d'un canal, et qu'un intérêt de ce genre ne peut tenir lieu d'un capital
déboursé? Eh bien! ce sera donc quelque
chose de meilleur, car de pareils résultats sont
plus précieux que de l'argent!

Je passe à un autre objet qui n'est pas de
moindre importance.

Amélioration de l'agriculture. Chacun sait que, dans le département du
Nord et dans l'Artois, jamais la terre ne se
repose. En y perfectionnant le système des engrais et des assolemens, on a trouvé l'art de
recueillir une récolte chaque année. Dans le
département de la Somme, notamment dans
la partie connue sous le nom de Santerre, can-
ton riche en excellens blés, on conserve presque
partout l'antique habitude de diviser les champs
en trois soles; $\frac{1}{3}$ froment, $\frac{1}{3}$ avoine, $\frac{1}{3}$ jachères.
Plusieurs cultivateurs pensent que si les cen-
dres minérales, dont on fait usage pour l'engrais des terres, dans l'Aisne, dans le Nord et
dans le Pas-de-Calais, pouvaient être apportées
dans le Santerre à moins de frais qu'aujour-
d'hui, cela donnerait moyen de varier davan-

tage les semences, et qu'alors on pourrait rendre productives les terres tous les ans sans appauvrir le fond. Toute opinion nouvelle a des contradicteurs, et celle-ci surtout est de nature à n'en point manquer : cependant l'utilité réelle des cendres, dans la culture, n'est pas ce que l'on conteste, le débat porte seulement sur l'appréciation du degré d'utilité. Lorsque le *Canal du Duc d'Angoulême* aura ouvert aux bateaux un chemin facile vers le Santerre, il y arrivera des cendres en abondance, et cet engrais, plus efficace et devenu moins coûteux que la cendre de tourbe, sera pour le pays une nouvelle cause de fertilité : là-dessus les voix sont d'accord. Le temps et l'expérience prononceront à l'égard du reste.

Le canal donnera aussi du prix aux terres, en ce que les grains, que l'on envoie à Pont-Sainte-Maxence par la grande route, pour l'approvisionnement de Paris, iront par eau à meilleur marché, et que l'économie résultant de là, se partagera naturellement entre le vendeur et l'acheteur.

Autre considération : La rivière de Somme et les ruisseaux affluens coulent généralement au milieu de tourbières et de marécages, dont la plus grande partie pourrait être desséchée et rendue à l'agriculture. Il sera fa-

Dessèchemens rendus plus faciles.

cile, en établissant des canaux de navigation le long du grand cours d'eau, et successivement dans les petits vallons, d'en ménager les niveaux de manière à faire servir ces canaux eux-mêmes pour l'écoulement d'une partie des eaux des marais.

Ainsi le *Canal du Duc d'Angoulême* pourra rendre plus certain le succès des spéculations que l'on fera sur les dessèchemens, et favoriser ces entreprises que provoquent tant de vœux. Mais l'espérance de voir bientôt de riantes et riches campagnes, remplacer le triste aspect des joncs et des roseaux, ne séduit pas comme le plaisir de penser que tant de villages, maintenant dévorés par la fièvre des marais, seront mis à l'abri de ce désastreux fléau.

Diminution de prix de tous les objets importés. Aujourd'hui, les vins de Bourgogne et de Champagne, les bois de charpente, la pierre dure et mille autres objets, sont apportés dans le département de la Somme par la voie de terre. Six forts chevaux conduisent tout au plus *vingt-quatre* pièces de vin sur une grande route ; sur le canal, DEUX mauvais chevaux conduiront *quatre cents* pièces. Ainsi, pour toutes les matières importées, il s'établira de nouveaux prix, dans lesquels l'élément relatif au transport sera considérablement diminué.

Amiens rendue ville d'entrepôt. L'exécution du canal fera nécessairement

d'Abbeville et d'Amiens des lieux d'entrepôt.
Je dis d'Abbeville et d'Amiens, et non point
d'Abbeville seulement, parce que la destination de beaucoup de bateaux descendans sera
pour Amiens, et que s'il n'y avait point là d'entrepôt, il faudrait, ou que les bateaux s'en re-
tournassent à vide, ou qu'ils allassent prendre
un chargement à Abbeville, qui est éloigné d'A-
miens de douze lieues. Dans l'une comme dans
l'autre hypothèse, il y aurait du temps et de
l'argent perdus, et le commerce, quand la mar-
che en devient régulière, ne fait pas de ces
sortes de fautes. La force des choses rendra
donc Amiens ville d'entrepôt.

Je dirai maintenant quelques mots des avantages qui seront particuliers au commerce de Paris.

Avantages
particuliers
à la ville de
Paris.

La plupart des marchandises qui arrivent
par mer et qui ont cette ville pour destination,
sont débarquées au Hâvre, et transportées du
Hâvre à Paris par la Seine.

La navigation fluviale est sujette à une foule
d'inconvéniens, que n'a point la navigation
artificielle. Tantôt les écueils, tantôt les crues,
tantôt les tournans, tantôt les débâcles, mettent en danger les bateaux, les chevaux et les
hommes. Le courant, qu'il faut vaincre en re-
montant la Seine, ajoute à ces considérations
beaucoup de gravité. Elles ne sont point omi-

ses lorsqu'on règle les prix de transport ; car, dans le commerce, les risques, les incertitudes et les retards, entrent toujours en ligne de compte, et ce sont des choses qui se paient.

Le transport par eau du Hâvre à Paris demande, en bonne saison, quatorze jours, et coûte par tonneau, c'est-à-dire pour un poids de mille kilogrammes. . . . . 61 fr. (4)

Malgré la grande quantité de marchandises que l'on peut charger sur un bateau, le transport de Saint-Valery ou du Hâvre à Paris, lorsqu'on l'effectue par terre et par eau, comme lorsqu'il a lieu entièrement par terre, ne coûte guère plus que par eau (5).

Au moyen du *Canal du Duc d'Angoulême*, le transport depuis Saint-Valery jusqu'à Paris sera infiniment plus économique, plus sûr et plus commode que par toute autre voie ; il se fera en onze jours, et ne reviendra pas à 29 fr. (6) par tonneau, ci. . . . . 29 fr.

Différence. . . . . 52 fr.

Admettons que dans une année, il soit expédié, de Saint-Valery vers Paris, 40,000 tonneaux (7); voilà sur les frais de transport une économie de 1,280,000 francs.

M. Delalande raconte, dans son *Traité des Canaux de navigation*, qu'après l'année 1740, les épiciers de Paris présentaient requête sur requête, pour que l'on perfectionnât la navigation de la Somme. « La sécheresse de la « Seine, en été, les glaces en hiver, les mettent « quelquefois, dit-il, dans l'impossibilité de « tirer leurs marchandises de Rouen, et la « Somme est pour eux d'une ressource infinie. « Les marchands de Troyes et même de Dijon « y joignaient leurs plaintes, etc. (*). »

J'ai dit que le *Canal du Duc d'Angoulême* aurait, pour les habitans des bords de la Man- Avantages pour les ports de la Manche.

(*) Tout se tient, et c'est plaisir que de voir les petits intérêts marcher d'accord avec les grands. Je suppose que la capitale reçoive deux ou trois mille pâtés d'Amiens chaque année. Les pâtissiers les envoient par la messagerie, moyennant 40 ou 50 centimes par tête de canard; je ne dis pas qu'ils traiteront désormais avec un batelier, à raison de 15 ou 20 centimes, et qu'ils enverront, pour la même somme qu'aujourd'hui, cent cinquante pâtés de plus pour orner les tables des Parisiens : ils le pourront, s'ils en ont envie; c'est tout ce qu'il faut.

che, une utilité particulière. Cela demande ex-
plication; car l'effet que j'annonce ne sera pas
immédiat, et dépend, comme on va le voir,
de l'exécution d'un second canal.

Les villes de ces côtes, qui consomment de
la houille, l'achètent en Angleterre. L'hectolitre, rendu en France, leur revient, *mesure
rase* : en charbon criblé, à 4 f. o3 c. (8); en
charbon non criblé, à 4 f. 93 c. Quand le *Canal
du Duc d'Angoulême* sera fait, le charbon de
Valenciennes, *mesuré de même*, reviendra
dans le port de Saint-Valery : criblé, à 2 f.
80 c.; non criblé, à 3 f. 70 c. Le fret, de Saint-
Valery à Cherbourg ou à Saint-Malo, le chargement et le déchargement, les frais de pilo-
tage, droits de port, etc., etc., s'élèveront ensemble à très-peu près, à 1 f. 40 c. Ainsi, bien
qu'il y ait, pour certains usages, quelque chose
à gagner, en employant du charbon français,
il y aura environ 17 centimes à perdre du côté
de la dépense. On doit donc présumer que les
choses resteront comme aujourd'hui, jusqu'à
ce qu'on ait trouvé moyen de faire descendre
le prix des charbons à Saint-Valery au-dessous
de 2 f. 63 c., et de 3 f. 55 c. par hectolitre.

Cet abaissement s'obtiendra par l'exécution
prochaine d'un canal de navigation, qui après
avoir franchi le double sommet qui sépare la

vallée de la Sambre, de la vallée de l'Oise et celle-ci de la vallée de la Somme, viendra se réunir au canal de Saint-Quentin. Par cette voie, et par le *Canal du Duc d'Angoulême*, les charbons de Charleroy arriveront fort commodément jusqu'à Saint-Valéry. Or, les charbons de Charleroy, étant plus faciles à extraire que ceux d'Anzin, pourront ne revenir à Saint-Valery qu'à 2 f. 45 c., et à 3 f. 25 c. (9), et par conséquent à Cherbourg et à Saint-Malo, à 3 f. 85 c., et à 4 f. 65 c. C'est alors que les marchés des ports d'Angleterre seront désertés pour le marché de Saint-Valery, et que les habitans de Cherbourg, d'Avranches, de Bordeaux, etc., viendront dans celui-ci faire leur provision de houille.

La consommation de charbon de terre devient tous les jours plus grande en France, surtout depuis que l'on sait tirer un si grand parti des machines à vapeur. Multiplier les canaux propres à faire baisser le prix de ce combustible, c'est encourager l'industrie, qui le met en œuvre au profit de la société toute entière.

Je ne veux pas arrêter l'attention sur des considérations trop nombreuses ; j'en présenterai toutefois encore une.

En temps de guerre, le transport des canons, des armes, des munitions de toute espèce, est

Avantages en temps de guerre.

2

une des principales dépenses de l'Etat. Je crois
avoir lu quelque part que si, en 1744, les canaux de Saint-Quentin et de Landrecy eussent
existé, on aurait dépensé de moins dans une
campagne, toute la valeur de ces canaux, sans
parler de l'emploi d'un nombre prodigieux
d'hommes et de chevaux. Au moyen du *Canal
du Duc d'Angoulême*, l'approvisionnement,
soit des places de Ham, Péronne, Amiens,
Abbeville, etc., soit d'une armée chargée de
la défense du pays, pourra être fait avec peu
de bras, peu de chevaux, et peu d'argent.

D'où est venu le nom de Canal du duc d'Angoulême.

La route de navigation, que l'on doit créer
dans la vallée de la Somme, depuis le canal
de Saint-Quentin jusqu'au port de Saint-Valery, est formée de deux parties bien distinctes.

Avant 1817, on désignait la partie supé-
rieure, qui s'étend depuis le canal de Saint-
Quentin jusqu'à Amiens, sous le nom de *Canal de la Haute-Somme*. La deuxième partie
commence à Amiens, finit à la mer : elle est
aujourd'hui navigable et n'a besoin que d'améliorations ; on l'appelait *Canal de la Basse-
Somme*.

Lorsqu'en 1817, LE DUC D'ANGOULÊME visita les départemens de l'Aisne et de la Somme, une circonstance, heureuse pour moi, me procura l'honneur d'accompagner Son Altesse Royale dans la galerie souterraine du canal de Saint-Quentin. Le Prince, en la parcourant, demanda plusieurs fois, avec une noble et touchante sollicitude, quels développemens on pourrait donner au système de navigation déjà établi dans le pays, pour en étendre les bienfaits à un plus grand nombre d'habitans, et pour multiplier en leur faveur les ressources que les canaux procurent partout à l'agriculture et à l'industrie.

Quoiqu'étranger alors aux canaux de la Somme, et ne pensant guère que j'eusse à m'en occuper un jour, je crus devoir profiter d'une si belle occasion, pour faire connaître à Son Altesse l'importance de ces deux canaux, et pour l'entretenir aussi du canal de la Sambre. Le sous-préfet de Saint-Quentin, qui l'avait été précédemment de Péronne et d'Amiens, fit valoir les intérêts de ses anciens administrés. Je pris la cause du commerce en général, et nous eûmes la satisfaction d'entendre le Prince nous promettre qu'il n'oublierait pas les choses que nous lui avions dites.

Il s'en souvint en effet. Il parla du canal aux

Chambres de Commerce d'Amiens et d'Abbeville, et aux personnes les plus notables du
département de la Somme. Il recueillit, de tous
les côtés, l'expression des mêmes vœux, pour
l'exécution de cette glorieuse et utile entreprise dont on le supplia d'être le protecteur.

Le Prince fit espérer que si une compagnie se
formait pour rassembler les fonds nécessaires
à l'exécution des deux canaux, de la Haute et
de la Basse-Somme, il daignerait se rendre le
premier actionnaire. Il fit plus, il consentit
que son auguste nom fût donné à la réunion
de ces deux canaux.

Le 20 octobre 1817, une ordonnance du Roi
a consacré ce témoignage de la faveur accordée
par le Prince.

. . . .

« Voulant satisfaire au vœu manifesté par
« nos fidèles sujets du département de la
« Somme, et perpétuer le souvenir du séjour
« que vient de faire parmi eux, notre cher et
« aimé neveu le duc d'Angoulême, nous avons
« ordonné et ordonnons ce qui suit :

« Le canal commencé dans le département
« de la Somme, sous le nom de canal de la
« Somme, portera à l'avenir le nom de *Canal*
« *du Duc d'Angoulême.* »

. . . .

Des moyens d'exécution.

Lorsque l'on s'arrête à considérer combien l'achèvement du *Canal du Duc d'Angouléme* doit rendre de services au département de la Somme et à la villle de Paris; lorsque d'ailleurs, cherchant à se rendre compte des chances de succès, dans l'exécution des travaux, on reconnaît que les difficultés locales matérielles sont partout faciles à surmonter; alors, on se demande, avec surprise, comment un pareil ouvrage peut encore être à terminer.

Dira-t-on, comme dans un écrit publié récemment, que les canaux de la Haute-Somme et de la Basse-Somme seraient achevés, si une association de particuliers les avait entrepris?

Dira-t-on, qu'un gouverneur de province, non moins animé par l'amour du bien public, que par le désir d'acquérir cette espèce de gloire, qui s'attache aux entreprises brillantes, pouvait mieux conduire à une heureuse fin celle dont nous parlons?

Dira-t-on, qu'un conseil de ville ou de département, connaissant bien les ressources du pays et les intérêts de localité, serait plus propre à gouverner une semblable affaire et à rendre la réussite certaine ?

Enfin, dira-t-on, que c'est à l'Etat seul qu'il convient d'entreprendre d'aussi grands ouvrages ; que lui seul peut en supporter les risques et offrir des garanties pour l'achèvement ?

J'ai réponse à tout : car depuis un siècle, ces quatre moyens d'exécution ont été successivement et inutilement essayés.

Le Canal entrepris par des particuliers. En 1724, M. de Marcy obtint des lettres patentes, qui l'autorisaient à ouvrir un canal, entre l'Oise et la Somme, et à rendre la Somme navigable, depuis Saint-Quentin jusqu'à Amiens, Picquigny et la mer. Un acte de société fut conclu en 1727 ; la compagnie s'obligeait à faire un fonds de *six millions*, qui seraient payés en cinq ans.

Un défaut de concert entre les associés se manifesta bientôt ; des procès survinrent avant qu'on n'eût dépensé le deuxième million ; bref, la société fut dissoute en 1732.

Le privilége de M. de Marcy ayant été transféré à M. Crozat, ce nouveau concessionnaire fit achever la jonction de l'Oise à la Somme, laquelle forme aujourd'hui, sous le nom de *Canal Crozat*, la première partie du canal de Saint-Quentin. La navigation y fut ouverte en 1738.

On n'avait obtenu ce résultat que par une dépense de 4 millions $\frac{1}{2}$. M. Crozat fut effrayé, n'osa point s'engager plus avant, et cessa de profiter du privilége qu'il avait obtenu. Ses héritiers pensèrent à détruire le canal fait, et à en vendre les matériaux, mais le Gouvernement l'acheta en 1766.

Nous allons voir maintenant deux inten- Par des gouverneurs dans de Picardie échouer comme avaient fait de province. deux concessionnaires.

M. Dupleix obtint, en 1770, un arrêt du Conseil, qui ordonnait l'ouverture du canal royal de la Somme. Le produit d'un impôt de 20 sous par velte d'eau-de-vie, établi sur la province, fut consacré à l'exécution des travaux. On les commença vivement. Au bout de deux mois, une lieue de canal était navigable entre Ham et Saint-Simon. M. Dupleix la parcourut en bateau, le 19 octobre 1770, et ce premier résultat fut un sujet de fête. L'année suivante, M. Dupleix passa à l'intendance de Bretagne; l'ardeur se ralentit; l'ingénieur mourut; on éleva des objections contre le projet. En 1775, l'exécution fut suspendue.

On la reprit en 1777, sous l'intendance de

M. Dagay. Pendant dix ans, l'abondance variable des fonds rendit variable aussi l'activité
des travaux. Après dix-sept ans, et malgré les
soins de deux intendans remplis de zèle, on
n'avait encore que des ouvrages ébauchés.

Par des administrations locales. A la fin de 1787, ce ne fut plus un inten-
dant, mais l'Assemblée Provinciale, qui eut
l'administration des affaires du canal. Elle té-
moigna le plus vif intérêt pour cette entreprise;
elle y destina un fonds spécial. L'année d'en-
suite, une partie de ce même argent fut prêtée
ou donnée aux villes d'Amiens, d'Abbeville et
de Mondidier. Enfin, l'Assemblée Provinciale,
puis la Commission intermédiaire, puis le
Directoire du département, reconnurent la
grande utilité du canal, et ne firent presque
rien pour en hâter l'achèvement.

Par l'Etat. Lorsque le système de centralisation eut mis
la direction immédiate des travaux du canal de
la Somme entre les mains du Gouvernement,
on put croire qu'enfin ils seraient terminés; mais
avec la modique somme que le budget des ponts
et chaussées consacre chaque année à ces travaux, il est douteux que, dans vingt ans, la
navigation soit établie jusqu'à Amiens.

Ne soyons point découragés par tant de
mauvais succès; tâchons seulement que les

expériences malheureuses de nos devanciers
tournent à profit pour nous.

J'ai montré l'importance du canal ; mais je Par qui
doit-il être
entrepris? ne prétends pas que les droits de navigation
que l'on percevra dessus puissent représenter
seuls l'intérêt de tous les fonds que l'exécution
exigera. Dans des spéculations de ce genre, il
faut une autre manière de calculer.

Le produit annuel de l'octroi de navigation
s'élèvera, sur le *Canal du Duc d'Angoulême,*
à une somme de 180,000 f. (11).

Les bateaux navigant dessus, voyageront
aussi sur le canal de Saint-Quentin, et sur
l'Oise ou sur l'Escaut ; ainsi le produit de
l'impôt qui se perçoit sur ces canaux ou rivières
sera augmenté de 160,000 f. (12).

Le commerce des denrées coloniales et celui
des vins d'Espagne et de Bordeaux, à Paris,
bénéficieront annuellement, par suite de l'exécution du canal, d'une somme de 1,280,000 f.
(Page 15).

Le revenu industriel et le revenu territorial
du département de la Somme seront accrus
de 780,000 f. (13).

Les actes de commerce entre particuliers
devenant plus nombreux, le fisc, qui a un intérêt dans tous ces traités, obtiendra un sup-
plément de recette de...... *Mémoire.*

Les routes d'Abbeville à Paris, d'Amiens à
Paris, de Péronne à Paris, du Hâvre à Paris,
n'étant plus fatiguées par le roulage, les frais de
l'entretien annuel diminueront de... *Mémoire.*

Etc., etc., etc., etc.

Si toutes ces sommes réunies ne représen-
taient pas un juste intérêt du capital et des
peines et soins que demande la construction
du *Canal du Duc d'Angoulême*, alors il ne
serait point sage de l'entreprendre.

Mais le seul profit des commerçans de Paris,
estimé 1,280,000 fr. par an, répond à un
capital beaucoup plus que suffisant pour l'exécution du canal.

Puisqu'il y a de grands et légitimes bénéfices
à espérer, la raison conseille de travailler pour
les obtenir ; elle prescrit en même temps de
partager la dépense entre les différens intérêts
dont j'ai noté quelques-uns (*). Je ne parle point
d'une répartition exactement proportionnelle
aux avantages respectifs : cela serait sans doute
équitable, mais cela est impossible à faire. On
doit seulement éviter que l'intérêt exécutant ne
soit exposé à être ruiné pour le bien des autres.

Ainsi l'on ne doit pas être étonné que la

_____

(*) J'avertis que j'emploierai plusieurs fois le mot
intérêt dans le sens que je lui donne ici.

compagnie de Marcy et la compagnie Crozat aient échoué dans leur entreprise : elles ne recevaient de secours, ni de l'Etat, ni de la province, ni de la ville de Paris.

Ainsi la province, quoique ardente en désirs, devait être tiède en actions, du moment que l'Etat ni la ville de Paris ne la secondaient de leurs capitaux. Je crois néanmoins qu'elle se fût bien trouvée d'agir, même isolément, et que les suites l'auraient largement indemnisée.

On a vu que Paris trouverait un avantage de 1,280,000 fr. par année, dans la construction du *Canal du Duc d'Angoulême*. Si donc il doit, comme on le supposera, coûter 6,000,000, la ville, en se chargeant seule de la dépense, placerait ses fonds à 21 $\frac{1}{3}$ pour $\frac{0}{0}$. Mais on aurait tort de s'arrêter là; car, si le tarif des droits à percevoir sur le canal est tel qu'on l'a supposé dans les calculs de la page 14, il y aura, au-dessus des 21 $\frac{1}{3}$, un produit net de 180,000 fr. (6 et 11), et si la navigation est affranchie de tous droits inutiles, Paris épargnera, sur les frais de transport, beaucoup plus qu'on ne l'a dit.

Entreprise par l'Etat, l'opération serait peut-être aussi belle, même s'il faisait abandon gratuit aux villes et aux départemens, de tous les heureux résultats qu'elle doit avoir pour eux.

Toutefois, il paraît que le département, l'Etat et la ville de Paris, engagés dans d'autres dépenses, se trouvent séparément hors d'état de faire aujourd'hui celle dont nous parlons.

Alors ils peuvent se réunir, et de plus, un intérêt de moindre importance peut se charger d'une partie des frais d'exécution. Il ne faut qu'assurer à un concessionnaire une part des revenus et des valeurs à créer, qui soit un juste équivalent des fonds qu'il aura fournis, et des peines qu'il aura prises.

Les conditions à remplir sont :

1°. Que l'argent qui sortira de la bourse du concessionnaire lui rende un intérêt proportionné aux risques de la spéculation;

2°. Qu'une indemnité convenable soit le prix de ses soins, s'il est partie agissante.

Montant des dépenses à faire. Le montant des travaux à exécuter, pour achever le *Canal du Duc d'Angoulême*, depuis Saint-Simon jusques et non compris l'écluse de Saint-Valery, a été évalué le 31 décembre 1818, à 5,971,817 f. 56 c. En somme ronde, *six millions*.

Peut-être réussira-t-on à obtenir de l'économie sur cette estimation. Cependant, comme elle ne comprend point l'intérêt des fonds, depuis le moment où ils auront été déboursés, jusqu'à l'époque où l'on jouira du canal, je crois qu'on peut la considérer comme exacte, et je l'adopterai (10).

On évalue approximativement, et par année, le produit net du canal et des ter- reins qui en dépendront, à un mi- nimum de (11). . . . .   180,000 f.

L'augmentation des revenus de l'État, occasionée par l'exis- tence du canal, à (12).   160,000

Les bénéfices, que le canal pro- curera à la ville de Paris, en fai- sant baisser les prix de transport de certaines marchandises, à. . 1,280,000

L'avantage que recevront les départemens de l'Aisne et du Nord, dont les bateliers travail- leront plus qu'aujourd'hui, et dont les houilles, les cendres, et les autres productions, acquer- ront un nouveau et important dé- bouché, ci. . . . . *Mémoire.*

Les divers biens qui seront pro- duits dans le département de la Somme, à (13).   780,000

TOTAL. . . . .   2,400,000 f.

Comment se partageront les produits.

Comment
on peut par-
tager les dé-
penses.
Si chacun de ces intérêts contribuait aux dépenses de l'exécution du canal, proportionnellement aux avantages qu'il doit en retirer, on voit que l'argent serait placé à 40 pour 100.

Faisons un autre partage :

Supposons que l'Etat fournisse. 1,000,000 f.
La ville de Paris. 1,000,000
Les départemens de la Somme,
de l'Aisne et du Nord 1,000,000
Enfin, des actionnaires auxquels resterait la propriété des
revenus immédiats du canal. . . 3,000,000

TOTAL. . . . . 6,000,000 f.

On voit, alors, que l'Etat aura placé ses fonds à 16 pour 100 ;

La ville de Paris à plus de 100 pour 100 ;
Le département de la Somme à 78 pour 100 ;
Les actionnaires à 6 pour 100.

Il est très-probable que le produit de l'argent, mis par les actionnaires dans l'entreprise du *Canal du Duc d'Angoulême*, ne restera pas à ce taux de 6 pour 100. On doit compter sur une augmentation progressive, à mesure que le commerce connaîtra mieux cette route, et qu'il prendra l'habitude de se diriger par-là.

On pourrait varier les combinaisons, et ima-

giner quelqu'autre moyen de rassembler la
somme nécessaire pour la confection du canal:
par exemple, demander à des actionnaires
les six millions entiers, et leur accorder une
perception de droits qui fût telle, que le produit net atteignît 360 mille francs, au lieu de
180 comme on l'a supposé plus haut.

La proposition de n'appeler que trois millions est, selon moi, beaucoup plus sage. Pour
la ville de Paris et pour le département de la
Somme, il vaut mieux donner aujourd'hui un
petit capital et faire baisser le prix des marchandises, que de payer à perpétuité ces marchandises trop cher. Il est politique de mo-
dérer les droits le plus possible ; l'encourage-
ment que cela donne aux spéculateurs ; amène
une salutaire concurrence, qui est une nouvelle cause de diminution dans les prix des
denrées.

D'ailleurs un impôt trop élevé est une en-
trave mise au commerce. On n'accroît pas toujours les recettes en augmentant les taxes, et
si l'on diminue les avantages que doit offrir aux
négocians la navigation du *Canal du Duc
d'Angoulême*, on s'expose à manquer le but,
qui est de les attirer vers cette route.

Il n'est même pas sûr que l'on puisse faire
monter à 360 mille fr. les revenus du canal. (5)

En élevant trop le tarif des droits, on verrait décroître les recettes, et, passé un certain point, il n'y en aurait plus du tout.

Une autre voie pour obtenir les fonds que l'exécution du canal exige, ce serait d'ouvrir un emprunt, comme on l'a fait pour le pont de Bordeaux et pour le port du Hâvre. On engagerait d'avance, pour le service des intérêts et l'amortissement de la dette, le montant des droits à percevoir sur le canal; on stipulerait des garanties pour le cas où les revenus n'atteindraient pas un minimum déterminé, et l'on se réserverait les produits qui dépasseraient une certaine limite. Après le remboursement de l'emprunt, on affranchirait le commerce de tout paiement de droits, qui ne seraient pas nécessaires pour l'entretien du canal.

Ce moyen d'exécution serait meilleur que le précédent : on peut le combiner avec le partage que j'ai indiqué ci-dessus, page 50, et je proposerai plus loin une manière de rembourser les concessionnaires. Les grands canaux, comme les grandes routes, comme les rivières navigables, doivent appartenir à la population toute entière. Le Gouvernement, qui est l'administrateur naturel des biens dont l'usage est commun à tous, doit être chargé de veiller à la conservation de ces sortes d'éta-

blissemens. Il doit, ce que des particuliers ne
pourraient faire, restreindre le tarif des droits,
afin d'égaler le produit au montant des dépenses d'entretien : l'Etat profite assez par le grand
nombre de relations commerciales que fait
naître ou que favorise la liberté des communications.

D'ailleurs, n'est-il pas à désirer que les lois
relatives aux canaux, soient coordonnées avec
celles qui régissent les routes ? Les communications par eau sont infiniment préférables,
sous beaucoup de rapports, aux communications par terre; mais si vous gênez les premières
et que vous les rapprochiez, par ce moyen, de
la condition des secondes, vous détruisez en
partie les avantages que le public devait naturellement en espérer.

En France, une grande route ne contribue
qu'indirectement à grossir le trésor de l'Etat. Un
canal, qui aura occasioné la même dépense,
produira au moins les mêmes avantages indi-
rects, pourquoi le charger en outre d'une imposition particulière, et qui en diminuera l'utilité ? On a rendu libre de tout impôt la faculté
de voyager sur les grandes routes; j'aimerais
que l'on fît de même sur les canaux qui appar-
tiennent à l'Etat. Je verrais une parfaite conve-
nance à maintenir exactement, entre ces deux

sortes de chemins , la différence que la nature des choses y a mise. Si pourtant l'on insiste et que l'on veuille retirer des canaux un revenu capable de couvrir les frais de réparation et d'entretien annuels , la mesure bornée à cela ne me semblera point dangereuse.

Lorsque c'est avec le produit des contributions publiques, ou au moyen d'emprunts (et cela revient au même , car ce sont toujours les contribuables qui remboursent), lors, dis-je , que le gouvernement prélève , sur le produit des impôts , la somme nécessaire pour l'ouverture d'un canal , c'est dans la vue sans doute d'améliorer le sort des citoyens de toutes les classes. Or, si la rétribution exigée des bateliers, empêche que les objets de consommation ne deviennent sensiblement moins chers qu'auparavant, je demande quel avantage chacun aura retiré de sa contribution dans les dépenses du canal ?

Il ne faut pas croire que l'impôt qui atteindrait les marchandises à leur passage sur le canal, fût un bénéfice pour la masse des contribuables, parce qu'il permettrait de diminuer la quotité des autres impôts. C'est par l'abaissement du prix des denrées, et non autrement , que le canal procurera une utilité réelle, et qu'il satisfera le désir de ceux qui en auront payé la dépense.

Je suppose que le gouvernement parle ainsi aux contribuables : « Je vous demande la somme qui est nécessaire pour achever le *Canal du Duc d'Angoulême ;* dans cinq ans, vous aurez le pain, le vin, le sucre et le café à meilleur marché qu'aujourd'hui ; les marais de la Somme seront desséchés ; les malheureux de toute la Picardie trouveront de l'occupation ; leurs femmes et leurs enfans seront mieux nourris, mieux chauffés et mieux vêtus... » Si l'on a confiance en ces promesses, ne doutez pas que chacun ne paie avec joie sa petite part des frais du canal.

Au lieu de cela, pour engager les contribuables à subvenir aux dépenses, dites-leur : « Dans cinq ans, vous ne paierez pas les objets de consommation moins cher qu'aujourd'hui ; mais vos impositions seront rendues plus légères... » Je serai bien trompé s'ils écoutent un pareil langage avec autant de faveur que le premier. Ils auront peine à y trouver la même signification, et je crains qu'ils ne répondent qu'il ne leur convient pas de payer les contributions cinq ans d'avance.

Enfin, je suis dans l'opinion que l'on doit laisser aux communications par terre et par eau, toute la liberté possible et je désirerais que l'on se passât de concessionnaires pour le *Canal du Duc d'Angoulême*, afin que la cir-

culation des bateaux y fut, dès l'origine, affranchie de toute perception de droits, inutile
pour l'entretien des ouvrages.

J'ai tâché, du moins, d'approcher de ce résultat désirable, en ne demandant à des concessionnaires que la moitié de 6 millions, ce
qui permettra d'adopter, pour les droits de
navigation, un tarif peu élevé.

Si le Gouvernement ne fournit qu'un million,
c'est-à-dire 200,000 fr. par an pendant cinq ans,
il donnera fort peu de chose de plus qu'aujour-
d'hui. Ainsi, au lieu de l'engager à un sacrifice,
je lui assure un avantage, en lui montrant, au
bout de 5 années, le terme de paiemens qu'il
aurait continués pendant plus de trente. J'ai
d'ailleurs fait voir que ce million rendrait
160,000 fr. par an, si l'on imposait les bateaux navigans sur l'Oise, et je suis persuadé
que si le passage est gratuit, les 160,000 fr.
entreront au trésor par quelqu'autre voie; mais
on les apercevra moins.

La manière dont j'ai indiqué ci-dessus la par-
ticipation des concessionnaires dans les dépenses du canal, annonce une concession réelle, et
non pas un emprunt pur et simple, comme au
Hâvre et à Bordeaux. J'ai cherché à ne pas mettre
le Gouvernement dans la nécessité de garantir
aux prêteurs des intérêts de 8 et 10 pour c. Il ne

rentrera pas moins aisément pour cela dans la
possession du canal , s'il se réserve la faculté
de racheter au profit du commerce une partie des droits de navigation , en indemnisant
les concessionnaires (*Voyez* page 58 , article. 28).

Si l'on veut qu'un canal de navigation soit
mis en valeur comme une métairie, et qu'il pro-
duise au-delà de ce qu'il coûte, alors j'aime
autant que des particuliers le fassent valoir :
ils y réussiront probablement aussi bien que le
Gouvernement. Les terres, les maisons, qui ap-
partiennent à l'Etat, sont-elles mieux cultivées,
plus avantageusement louées, que des proprié-
tés particulières ?

J'ai commencé ce Mémoire avec l'intention
d'y joindre des projets d'actes de concession,
rédigés dans différentes hypothèses. Je recon-
nais aujourd'hui que pour bien faire un pareil
travail il faudrait plus de loisir que je n'en ai.
Je donnerai donc seulement quelques articles
propres à former les bases d'un traité, dans la
supposition que cinq concessionnaires voulus-
sent se charger de procurer trois millions pour
le canal , et de former des compagnies pour le
dessèchement de la vallée de la Somme.

Si l'on suit le plan que j'indique, un grand
nombre de personnes pourront participer à la

Plan
d'un acte de
concession.

propriété du canal, au moyen d'actions né-
gociables, qui seront à la portée des petites
fortunes, et qui offriront un placement très-sûr
à 6 pour 100, avec des améliorations indu-
bitables.

Dès-lors, si la propriété du canal obtient de
grands avantages, elle fera du bien à beaucoup
de monde; si de graves accidens surviennent,
le mal sera supporté par trop d'actionnaires,
pour être fort sensible à chacun.

Mais il m'a paru convenable que cinq des
actionnaires seulement traitassent avec le Gouvernement, et fussent chargés d'agir dans l'intérêt de leurs copropriétaires jusqu'au 1er janvier 1827, époque présumée de l'achèvement
des travaux, et que ces cinq actionnaires, dont
le travail et l'activité seront mis en œuvre, et
sur lesquels pesera une importante responsa-
bilité, fussent amplement indemnisés par la
jouissance de certains produits qu'on leur aban-
donnerait pendant la durée des travaux, et par
les bénéfices à faire sur certains desséchemens,
dont le privilége leur serait accordé.

J'ai choisi ce petit nombre, afin de rendre
les relations plus aisées entre l'administration
publique et celle des actionnaires, et pour
qu'il y eût d'ailleurs plus d'ensemble dans les
opérations.

Au reste, la lecture des articles fera suffi-
samment connaître l'esprit dans lequel je les ai
rédigés.

Projet de traité.

Entre le Gouvernement du Roi, d'une
part;

Et MM. . . . . (*Cinq Contractans*),

Qui se rendent concessionnaires du *Canal*
du Duc d'Angoulême, d'autre part;

Il a été convenu ce qui suit :

ARTICLE PREMIER.

LES travaux du *Canal du Duc d'Angou-*
lême seront achevés avant le 1er janvier 1827.

A cette époque :

Il y aura sur les buscs de toutes les écluses, et dans tous les biez, depuis Saint-Simon
jusqu'à Saint-Valery, une profondeur d'eau de
1 mètre 65 centimètres au moins.

La largeur du canal sera d'au moins 6 mèt.
50 cent., à l'endroit des ouvrages d'art; partout
ailleurs, elle sera suffisante pour que deux
bateaux chargés, et ayant 6 mèt. 50 cent. de
largeur chacun, puissent se croiser librement.

Un chemin de halage commode, élevé de plus de 50 cent. au-dessus du niveau des hautes eaux de la Somme, et ayant 6 mèt. de largeur ou davantage, non compris les talus, règnera d'un bout à l'autre du canal, sur l'une au moins des deux rives.

ART. 2.

Les dépenses à faire pour l'entière confection du canal, depuis l'écluse de Saint-Simon jusques et non compris l'écluse de Saint-Valery, sont estimées devoir s'élever à six millions de francs.

Le Gouvernement prendra les mesures et fera les invitations qu'il jugera convenables, afin d'obtenir que le commerce de Paris, le département de la Somme, ceux de l'Aisne et du Nord, enfin les principaux intérêts à qui le canal doit être profitable, payent une partie des frais d'exécution.

Comment les fonds seront fournis.

Au montant des contributions qu'il pourra obtenir ainsi, le Gouvernement ajoutera ce qui sera nécessaire pour compléter, en cinq ans, une somme de 3,000,000 fr.

Il fera réaliser chaque mois, à partir du 1er août 1821, dans la caisse du receveur-général du département de la Somme, la soixantième partie de ladite somme de 3 millions.

Les concessionnaires verseront dans la même caisse, et pendant les mêmes cinq années, 5o mille francs par mois.

Mais comme la part contributive de l'Etat sera prise sur ses revenus, et que les concessionnaires devront fournir leurs propres fonds ou recourir à des emprunts, les sommes versées par eux porteront intérêt à 6 pour 1oo par année, et le paiement de cet intérêt entrera, jusqu'au 1er janvier 1827, dans les dépenses du canal.

Les traitemens et frais fixes des ingénieurs et des conducteurs des ponts et chaussées, qui seront employés pour la direction et la surveillance des travaux, d'ici à la fin de 1826, seront payés par l'Etat seul, et ne sont point considérés comme dépenses de l'entreprise.

Dépenses payées par l'Etat seul.

Aucune dépense restant à solder, soit pour travaux exécutés, soit pour approvisionnemens faits, soit pour terrains acquis jusqu'à ce jour, soit pour toute autre cause, ne sera, ni en tout ni en partie, à la charge des concessionnaires.

Les honoraires d'un secrétaire de la compagnie et tous frais d'administration et de négociation, en tant qu'il ne s'agira pas directe-

Id. par les concessionnaires seuls.

ment de l'intérêt des travaux, seront acquittés par les concessionnaires seuls, et l'Etat n'entrera pour rien dans ces dépenses.

ART. 3.

Avantages momentanés accordés aux concessionnaires.

Tous les produits que l'on pourra retirer du canal et des terrains qui en dépendent, depuis Saint-Valery jusqu'à Saint-Simon, appartiendront aux cinq concessionnaires, à partir du 1er juillet 1821, et jusqu'au 31 décembre 1826.

Ces produits serviront à couvrir les dépenses dont il a été parlé à la fin de l'article 2. L'excédant sera pour les concessionnaires un dédommagement de leurs soins, ou un pur bénéfice.

ART. 4.

Si les dépenses vont au-delà de six millions, l'Etat payera seul l'excédant.

Si elles restent en deçà, les contingens à payer par les diverses parties intéressées seront diminués proportionnellement à l'économie faite. La part des concessionnaires dans cette économie, sera uniformément répartie entre toutes les actions, dont il sera parlé ci-après, art. 11.

Pour reconnaître si en effet l'on a obtenu de l'économie sur les 6,000,000, on ôtera de la

masse des dépenses faites , toutes celles que le
Gouvernement aurait cru devoir prescrire, par
des considérations militaires ou autres , et qui
n'auraient pas eu pour objet, soit l'établissement de la navigation, soit de rendre plus facile
le dessèchement , dont il sera parlé art. 29
et 33.

Par exemple ; si l'ancien tracé du canal auprès de Péronne est abandonné , l'on ne re-
gardera , comme dépense de l'entreprise dont
s'occupe le présent traité, que la somme qu'il
en aurait coûté, en conservant la ligne actuelle , etc.

ART. 5.

A partir du 1er janvier 1827 , et à perpé- *Avantages perpétuels accordés aux Concessionnaires.* tuité, les concessionnaires , leurs héritiers, successeurs ou ayant-cause, jouiront en toute propriété, pleinement et incommutablement, sans autre condition que celle de satisfaire à perpétuité à l'entretien du canal, et sauf les exceptions indiquées ci-après, article 8 et art. 28;

1°. Des maisons, bâtimens , terrains, droits
de pêche, chutes d'eau, et de toutes autres
dépendances du canal, tant foncières que mo-
biliaires ;

2°. De la faculté de percevoir sur les ba-

teaux qui parcourront le canal un droit de
navigation et de séjour, dont le maximum est
fixé par l'article suivant

A R T. 6.

TARIF des droits de navigation et de station-
nement qui pourront être établis sur le
Canal du Duc d'Angoulème.

Le droit de navigation sera perçu, en raison
de la distance parcourue et du poids des objets transportés.

Le droit de stationnement sera perçu , en
raison de la surface occupée et de la durée de
l'occupation.

Toute espèce de denrées et de marchandises (la houille exceptée), que l'on transportera par le canal, seront assujétiés à un droit
qui ne pourra excéder , PAR TONNEAU ET PAR
KILOMÈTRE ;

Si la navigation a lieu de l'aval vers l'amont,
cinq centimes , ci. . . . . o f. 5 c.

Si elle a lieu de l'amont à l'aval ,
quatre centimes , ci. . . . . o 4

A l'égard du charbon de terre, le
droit ne sera, pour le même poids et
la même distance, que de *deux centi-*
mes , ci. . . . . O 2

Les bateaux de toute grandeur, voyageant à vide, payeront, au passage de chaque écluse, *un franc*, ci. . . . . . 1 f. 0 c.

Lorsqu'une même manœuvre servira pour le passage de plusieurs bateaux ils ne payeront ensemble qu'*un franc*.

Lorsque les bateaux séjourneront en quelque point du canal, on pourra exiger d'eux, PAR JOUR ET PAR MÈTRE SUPERFICIEL, *un centime*, ci. . 0   1

Il y aura séjour lorsqu'un bateau aura parcouru en 24 heures, moins de $\frac{1}{2}$ kilomètre.

Nota. Dans le cas où il surviendrait quelque changement dans la valeur des monnaies, le maximum qui vient d'être fixé, suivrait la même variation.

ART. 7.

Le même tarif réglera le maximum des droits de navigation, dont à l'avenir le Gouvernement pourra autoriser la perception, sur toute ligne navigable, depuis Saint-Simon jusqu'à Paris.

ART 8.

Par exception aux articles 5 et 6,

Les concessionnaires n'auront la faculté de percevoir que le seul droit de navigation depuis un point qui sera marqué à 3oo mètres en amont du pont du Cange, à Amiens, jusqu'à un point marqué à 5oo mètres en aval du pont Saint-Michel.

L'entretien des ponts, murs de quai et autres ouvrages d'art, l'écluse exceptée, construits dans cette étendue, ne sera point à la charge des concessionnaires.

Le passage entre les mêmes limites sera toujours libre, tant pour les bateaux montans que pour les bateaux descendans, et la police, à cet égard, appartiendra aux concessionnaires et aux agens de la navigation, sans qu'aucune autorité ait le droit de permettre une station de bateaux capable de barrer le chemin.

De même, pour Abbeville, les concessionnaires ne se réservent que la perception du droit de passage, et renoncent à tous droits de séjour, droits de quai, droits de port ou autres, depuis 2oo mètres en amont du pont de la Portelette jusqu'à 2oo mètres en aval du pont Rouge.

Ils ne seront chargés de l'entretien d'aucun ouvrage dans cet intervalle.

Des dispositions analogues pourront être prises, relativement à d'autres villes, de concert entre le Gouvernement, l'autorité locale et les concessionnaires.

ART. 9.

Les propriétaires du canal ne pourront in-_{Passage sur les digues.} terdire le passage sur les digues, ni aux chevaux de halage, ni aux personnes voyageant à pied et isolément.

Le droit d'y passer à cheval ou en voiture, d'y conduire des bestiaux, etc., leur appartient exclusivement, et ils en disposent comme bon leur semble.

Cela n'est pas applicable aux portions de chemin de halage, dont la propriété foncière resterait aux riverains conformément à l'ordonnance de 1669, ni à celles qui serviraient en même temps de chemin vicinal ou de grande route, et qui seraient entretenues comme telles.

ART. 10.

La circonscription et l'étendue des terreins Il sera formé un plan du domaine du canal. composant le domaine du canal, seront marquées sur un plan que l'on dressera à cet effet, et qui sera approuvé par une ordonnance royale. Il sera aussi formé un tableau de tous les ouvrages du canal, qui seront à l'entretien des concessionnaires.

Une copie authentique de chacune de ces pièces sera déposée à la direction générale des

Ponts et Chaussées; une autre à la préfecture du département de la Somme; une troisième restera dans les archives de la compagnie.

ART. 11.

Le domaine du canal sera indivisible.

Aucun terrein nouveau ne pourra être incorporé au domaine du canal, ni en être distrait, qu'en vertu d'une ordonnance royale, provoquée ou consentie par les propriétaires. Du reste, ce domaine formera un tout indivisible. Les concessionnaires sont néanmoins autorisés à en répartir la possession entre trois mille actions d'égale valeur, dont chacune, après le 1er janvier 1827, donnera droit à la trois-millième partie du revenu net de la propriété entière : jusque-là, et sans préjudice de l'avantage éventuel assuré par l'article 4, elles produiront un intérêt fixe de 6 pour 100.

La propriété en sera divisée entre 3,000 actions.

ART. 12.

Les trois mille actions du *Canal du Duc d'Angoulême* représenteront chacune un fonds de *mille francs* : elles seront signées des cinq concessionnaires. Le modèle en sera proposé à l'approbation de Sa Majesté. Elles porteront toutes la même date, et un numéro différent. Les cinquante premiers numéros porteront intérêt à partir du 1er août 1821; les cin-

quante suivans à partir du 1ᵉʳ septembre; ainsi
de suite, jusqu'au 1ᵉʳ juillet 1826. Elles seront considérées comme effets mobiliers, et
nonobstant cela, dans l'exercice des droits poli-
tiques des actionnaires, chacune sera réputée
payer un impôt direct, égal à la trois mil-
lième partie de l'imposition totale, dont le
domaine du canal sera grevé.

ART. 13.

Cette imposition ne pourra être établie
qu'après l'entier achèvement des travaux du
canal. Le terrein cultivable sera assimilé aux
terres du pays de même qualité. La surface de
l'eau ne sera imposable que comme celle d'un
étang, c'est-à-dire sous le point de vue de la
pêche seulement. Pendant la durée des travaux, aucun terrein, appartenant au canal,
ne sera assujéti au paiement de la contribution foncière.

Comment le canal paiera l'impôt.

ART. 14.

Jusqu'au 1ᵉʳ janvier 1827, tous les actionnaires seront représentés dans l'entreprise par
les cinq concessionnaires. Si les travaux du canal se prolongent au-delà de ce terme, l'administration des cinq concessionnaires se prolon-
gera de la même manière. Si avant la fin des

Administra-tion pendant la durée des travaux.

travaux, le nombre des concessionnaires se
trouvait réduit à moins de trois, ils s'ad-
joindraient le propriétaire du plus grand nombre d'actions.

ART. 15.

Administra-
tion après
l'achève-
ment des
travaux.

Après l'achèvement du canal, le soin des
intérêts communs à tous les propriétaires
sera confié à une commission choisie par eux
et parmi eux.

La forme dans laquelle ce conseil rendra
les comptes de sa gestion; les époques où il le
fera; quand et comment il sera procédé au
remplacement ou au renouvellement des com-
missaires; le nombre de voix qui concourront
à leur nomination, et combien il faudra d'actions pour une voix, etc., etc., etc., tout
cela sera réglé par un statut, que rédige-
ront les concessionnaires, et qu'ils proposeront
à l'approbation de S. M., au plus tard en 1822.

Lorsque ce statut aura été approuvé, par
ordonnance royale, il aura la force de tous les
règlemens d'administration publique.

ART. 16.

Les noms et domiciles des propriétaires d'actions, et les changemens qui surviendront à
cet égard, seront inscrits sur un registre, qui
restera déposé au secrétariat de la compagnie.

Le registre sera ouvert, dès que le présent
traité aura reçu l'approbation du Roi et des
Chambres. Chacun des cinq concessionnaires
y sera d'abord inscrit comme propriétaire de
six cents actions. Les ventes et changemens y
seront rapportés à mesure qu'ils auront lieu (*).

Un double de ce registre existera à la préfecture du département de la Somme; et dans
la première semaine de chaque mois, les ad-
ditions opérées sur le registre de la compagnie pendant le mois précédent, le seront
par les soins du préfet et du président de la
commission, sur le registre de la préfecture.

ART. 17.

Moyennant le paiement des droits, la navigation sera libre en tout temps sur le canal,
excepté aux époques du chomage annuel; lesquelles seront fixées de concert avec l'administration du canal de Saint-Quentin.

Lorsqu'il sera nécessaire de réparer quelqu'un des ponts établis sur le canal, les com-
missaires se concerteront avec l'administration locale, pour que la communication entre

---

(*) Si l'on croit que des actions au porteur soient
préférables, il y aura lieu de modifier les art. 12, 15,
16, etc.

les deux rives ne soit gênée que le moins possible.,

ART. 18.

Rédaction des projets des ouvrages.

Le présent traité ne statue rien sur le tracé du canal, ni sur les dimensions de détail des ouvrages, ni sur la nature des matériaux qui seront employés.

L'Etat et les concessionnaires ayant un égal intérêt à ce que les travaux soient exécutés solidement et à bon marché, l'Etat d'ailleurs devant subvenir seul aux dépenses qui se feraient au-delà de six millions, les projets des écluses, ponts, aquéducs, etc., seront dressés par des ingénieurs des ponts et chaussées, suivant les formes ordinaires de l'administration, et transmis à M. le directeur-général, avec les observations des concessionnaires et celles de M. le préfet de la Somme.

M. le directeur-général transmettra, dans le moindre délai possible, les décisions qu'il aura prises : car les fonds étant toujours prêts, il faut que l'on se tienne toujours en mesure pour en faire un utile emploi.

ART. 19.

Les ingénieurs que M. le directeur-général des ponts et chaussées chargera de la rédaction des projets et de la conduite des travaux, seront choisis de préférence parmi ceux qui seraient propriétaires d'actions.

Lorsque le conseil des ponts et chaussées délibérera sur quelqu'affaire relative au *Canal du Duc d'Angoulême*, les concessionnaires pourront déléguer l'un d'eux pour assister à la séance et prendre part à la délibération.

ART. 20.

Les adjudications des différens ouvrages seront faites par M. le préfet de la Somme, en conseil de préfecture, et assisté des concessionnaires et de l'ingénieur qui aura dressé les projets desdits ouvrages. Dans cette assemblée, le préfet aura voix prépondérante. Il n'y aura point d'entrepreneur général. L'étendue de chaque adjudication sera limitée, afin qu'il y ait plus de concurrence, et que la surveillance des ingénieurs et des concessionnaires soit plus facile.

Adjudication des travaux.

Les mandats de paiement seront délivrés par le préfet, sur les certificats des ingénieurs. Les concessionnaires en tiendront écriture et auront droit de représentation.

ART. 21.

Si les concessionnaires ne font point verser chaque mois la somme de cinquante mille fr.,

Garantie contre l'inexactitude des concessiounaires.

ainsi qu'ils y sont obligés par l'art. 2 , et que
dans un intervalle de trois mois, ils se soient
arriérés de cinquante mille fr., alors ils perdront l'avantage d'être propriétaires des valeurs que le canal produira pendant les trois
mois suivans, et qui leur auraient dû être
abandonnées d'après l'art. 3. Ces valeurs seront
comptées dans l'entreprise, comme fonds de
l'Etat. Du reste, l'intérêt des fonds non encais-
sés ne sera dû dans aucun cas.

Si l'inexactitude était telle que les fonds ef-
fectivement versés ne fussent, pendant huit
mois consécutifs, que les deux tiers de ce qui
est demandé art. 2, ou bien que la réalisation
de la somme entière se fît attendre jusqu'à la
fin de 1827 , ou enfin que le terme fixé par
l'art. 23 ci-après, pour l'achèvement des travaux, se trouvât, par la faute des concessionnaires, reculé de plus d'une année ; dans chacun de ces cas, et après que les concessionnaires
auraient été entendus, le présent traité pourrait
être annulé par une ordonnance royale. Alors,
pour tenir lieu aux concessionnaires des sommes versées, ils seraient inscrits au grand-livre
de la Dette publique, pour une rente perpé-
tuelle égale aux cinq centièmes du capital effec-
tivement fourni par eux.

L'Etat ne pourra se prévaloir de ces disposi-

tions qu'autant que lui-même aura été ponc-
tuellement exact à remplir, en ce qui le con-
cerne, les conditions de l'art. 2 ;

Et afin que l'exactitude du Gouvernement à
cet égard soit constatée, M. le préfet de la
Somme, chaque fois que le M. Ministre des Fi-
nances réalisera des fonds pour les travaux du
canal, en donnera avis par écrit aux concessionnaires.

ART. 22.

Dans le cas où les retards, dont il est parlé
art. 21, proviendraient du Gouvernement,
les concessionnaires auraient la faculté de
renoncer à l'entreprise, et de faire inscrire
sur le grand-livre une rente représentant, au
cours du jour de l'inscription, onze dixièmes
du capital versé par eux. Du reste, l'intérêt à 6
pour cent serait payé jusqu'au jour de l'inscription.

Garantie contre l'ine-xactitude du gouverne-ment.

ART. 23.

La disposition de l'art. 1er., qui porte que
les travaux, spécifiés audit article, seront achevés en 1826, suppose que l'on pourra les commencer avant le 1er. août 1821.

S'il arrivait que la loi, qui doit consacrer les
clauses du présent traité, ne fût pas sanction-
née avant le 1er. juillet 1821, alors l'époque de

Terme de la durée des travaux.

l'achèvement serait reculée d'autant de temps
qu'il y en aurait entre le 1er. juillet et le jour
de la sanction royale donnée à la loi.

ART. 24.

L'Etat dans
certains
cas garantit
les revenus
du canal.

Parmi les circonstances qui pourraient trom-
per l'espoir que les actionnaires fondent sur le
produit du péage, il en est deux contre lesquelles ils demandent des garanties :

1°. L'effet des anciennes habitudes, qui sans
doute empêcheront, pendant les premières années, que beaucoup de transports ne s'effectuent
par le nouveau canal;

2°. La guerre maritime, qui serait un obs-
tacle aux arrivages dans le port de Saint-Valery.

Le Gouvernement s'oblige, pour un terme
de dix années après l'entier établissement de la
navigation sur le *Canal du Duc d'Angoulême*,
à faire verser, dans la caisse des actionnaires du
dit canal, ce qui pourrait manquer pour compléter un produit net annuel de 180,000 fr. Il
prend un engagement semblable pour toutes
les années où la France aurait à soutenir une
guerre maritime.

ART. 25.

Le canal

Si, par un concours de circonstances favo-

rables, il arrive que le revenu net du canal sur-
passe de 15,000 fr. le dixième du capital placé
par les actionnaires dans l'entreprise, c'est-à-
dire, s'il monte au-dessus de 315,000 fr., dans
ce cas, les propriétaires du canal feront valoir tout ce qui excédera 300,000 fr., en con-
courant à la construction de rameaux navigables, appendices du grand tronc formé par
le *Canal du Duc d'Angoulême*.

dans
certains cas
emploie à
des travaux
publics
une partie
de ses reve-
nus.

Ainsi, la rivière d'Avre, la rivière de Selle,
la rivière d'Ancre, mises successivement en
état de porter bateau, compléteront un heureux système de chemins de navigation.

L'Etat et le département de la Somme con-
tribueront de leur côté aux dépenses de ces divers canaux, chacun pour une somme au moins
égale à celle que fourniront les actionnaires du
grand canal.

Le partage des produits sera proportionnel
au partage des dépenses. Le tarif donné ci-dessus, art. 6, servira également pour les petits
canaux.

L'obligation que les concessionnaires con-
tractent par le présent article, ne liera les
propriétaires du grand canal que pendant
trente années, qui commenceront le 1er. janvier 1827.

ART. 26.

Les concessionnaires supplient Sa Majesté de vouloir bien ordonner des travaux :

1°. Pour l'ouverture du canal de la Sambre, afin que les charbons de Charleroy puissent, d'ici à peu d'années, être apportés par eau dans la vallée de la Somme;

2°. Pour l'amélioration de la navigation de l'Oise, au-dessous de Pont-l'Evêque;

3°. Pour l'amélioration du port de Saint-Valery sur Somme.

ART. 27.

Les concessionnaires ne demandent point que le Gouvernement s'engage à ne jamais créer de nouvelle ligne de navigation, capable de nuire au *Canal du Duc d'Angoulême* et d'en détourner le commerce.

On stipule seulement que le tort qu'éprouveraient les propriétaires du *Canal du Duc d'Angoulême*, par la construction d'autres canaux dans le voisinage, sera évalué, et qu'on les indemnisera selon l'importance des pertes auxquelles ils seront exposés.

ART. 28.

Le Gouvernement conserve la faculté de

rentrer en possession du canal quand bon lui semblera. Pour le faire, il aura deux conditions à remplir : la première sera de restreindre, et pour toujours, le tarif des droits de navigation ; de telle sorte que le produit du péage et les autres revenus du canal ensemble, ne soient que suffisans pour fournir aux dépenses annuelles et ordinaires d'entretien ; la seconde condition sera, que les propriétaires d'actions reçoivent en indemnité une somme égale à vingt-une fois le dividende le plus élevé des cinq années qui auront précédé la dépossession.

Comment l'État redeviendra propriétaire du canal.

Le Gouvernement pourra n'acheter d'abord que le premier cinquième des actions, en s'engageant à en employer les dividendes pour acheter successivement les autres. Excepté dans ce cas, et dans celui où l'on traiterait de gré à gré, le Gouvernement ne pourra acquérir moins d'un cinquième des actions à la fois.

ART. 29.

Les projets du *Canal du Duc d'Angoulême* seront conçus et préparés, de manière à favoriser le dessèchement de la vallée de la Somme.

Dessèchement des marais de la Haute-Somme.

Les eaux de cette rivière et celles des principaux affluens, depuis Saint-Simon jusqu'à

Sailly-Lorette, devront, autant que possible, être reçues dans le canal, ou dans les contre-fossés, et contenues entre des digues, dont le dessus dépassera le niveau des hautes eaux.

Par ce moyen, elles ne pourront plus se répandre au milieu des marécages, qui se succèdent sans interruption dans cette partie de la vallée, et dont l'existence est un fléau pour le pays. Les concessionnaires, alors, entreprendront le dessèchement d'une grande partie de ces marais, et feront toutes les dépenses et tous les ouvrages nécessaires, pour parvenir à cet important résultat.

ART. 30.

Formation de compagnies pour le dessèchement.

Ils sont autorisés à former, d'ici au 1er janvier 1827, et en se conformant aux lois, toutes les associations qu'ils jugeront convenables, dans le but de se procurer des fonds, et de créer des moyens pour exécuter le dessèchement, non-seulement de la partie de la vallée désignée article 29, mais aussi de tout le terrein baigné par les eaux de la mer depuis l'écluse de Saint-Valery jusqu'auprès d'Abbeville, et connu sous le nom de *Baie de Somme*.

Les actes auxquels ces associations donne-

ront lieu, ne seront soumis, pour enregistre-
ment, qu'au droit fixe d'un franc.

ART. 31.

La part des concessionnaires, dans le produit des dessèchemens opérés par leurs soins,
sera les trois cinquièmes de la plus value, ac-
quise par les terreins desséchés.

Cette plus value sera payée : par les com-
munes, en terrein ; par les autres propriétaires,
conformément aux articles 21 et 22 de la loi
du 16 septembre 1807.

ART. 32.

Si par des considérations militaires, le Gouvernement juge à propos de prescrire des ouvrages qui, en cas de guerre, donnassent les
moyens de submerger momentanément les
terres desséchées, la valeur desdits ouvrages
sera payée par l'Etat.

ART. 33.

L'entreprise du canal et celle du dessèchement, accordées aux mêmes concessionnaires,
et liées entr'elles parce que la première rendra le succès de la seconde plus assuré, sont
néanmoins deux entreprises distinctes, et les
fonds de l'une ne seront jamais confondus avec
ceux de l'autre.

Les destructions de barrages, constructions de ponts, ouvertures de canaux et rigoles, enfin tous les travaux qui concerneront le dessèchement, excepté ceux qui auront pour objet de mettre et de maintenir les eaux de la Somme dans le canal, seront exécutés aux frais et par les soins de la compagnie du dessèchement, et les fonds de l'Etat n'y concourront point.

ART. 34.

Les propriétaires des moulins situés sur le cours de la Somme, ou des affluens, et qui, par l'introduction des eaux dans le canal, ou dans les contre-fossés, perdront la force qui fait mouvoir aujourd'hui leurs usines, seront indemnisés par la compagnie du dessèchement. On suivra pour les expropriations, la loi du 16 septembre 1807.

ART. 35.

Les chutes d'eau appartiendront aux concessionnaires, puisqu'ils auront payé les moulins; mais ils est bien entendu que leur droit de propriété portera uniquement sur l'eau, qui excédera les besoins de la navigation.

Ils prendront des mesures pour que les suppressions d'usines ne soient point nuisibles aux habitans, et pour qu'il en soit créé de nouvelles auprès des écluses du canal.

Afin de prévenir , autant qu'il est possible,
les contestations auxquels l'usage des eaux
pourrait donner lieu, il est clairement expliqué
ici que l'on ne tirera d'eau du canal pour le
service des usines, que par-dessus des dever-
soirs de superficie.

ART. 36.

D'ici à la fin de 1822, les concessionnaires
présenteront les projets de tous les ouvrages à
exécuter pour le dessèchement, et se soumet-
tront aux changemens que M. le directeur-général des ponts et chaussées croirait devoir
prescrire dans lesdits projets, afin de rendre
les ouvrages plus solides ou plus convenables
pour leur destination.

*Projets des
ouvrages
du dessèche-
ment.*

ART. 37.

Les concessionnaires feront commencer les
travaux du dessèchement au plus tard en 1823.

A défaut par eux de se conformer à cette disposition, ils seront déchus de la concession de
cette entreprise, sans avoir droit à aucune indemnité de la part de l'Etat.

L'Etat n'aura, de son côté, aucun recours à
exercer contre eux.

Il y aurait lieu à indemniser les concessionnaires, si on leur retirait le dessèchement pour

une autre cause que celle qu'on vient de spé-
cifier.

ART. 38.

Les concessionnaires pourront, avec l'approbation de Sa Majesté, transmettre la concession du dessèchement à des compagnies
dont ils ne feront point partie.

Ils ne seront point responsables des actes de
ces nouvelles compagnies.

La même faculté ne leur est point accordée
pour l'entreprise du canal.

———

Lorsque le projet d'un traité, qui touche à
beaucoup d'intérêts, est l'ouvrage d'une seule
main, il est presqu'impossible qu'il satisfasse
tout le monde.

Je m'attends donc à plus d'une objection.
Je puis avoir inséré des dispositions inutiles ;
je puis en avoir omis d'importantes. J'ai voulu
seulement offrir un canevas bien préparé.

Je suis néanmoins très-persuadé que le Gouvernement trouvera des concessionnaires dis-
posés à souscrire, avec peu de changemens, le
traité dont je viens de poser les bases.

NOTES.

NOTE 1, page 8.

LE prix moyen du bois de chauffage est, à Amiens, de 16 francs par stère. 27,000 stères, à ce prix, valent.......... à 432,000 fr.

La pile de tourbe forme un volume de 11 m. cub. 10 centièmes; le prix varie avec la qualité. On peut regarder 50 fr. comme le prix moyen d'une pile ; cela donne pour 7,000 piles.............................. 350,000

Le charbon que l'on brûle dans Amiens est apporté par chariots d'Arras ou de Cambrai, et plus souvent de Valenciennes, parce que le mesurage s'y fait à l'*hectoli-tre comble*, et non point à l'*hectolitre ras*, comme dans les deux premières villes.

En prenant une moyenne, entre le prix du *charbon menu* et celui du *charbon en pierres*, l'hectolitre ras se vend aujourd'hui à Amiens 4 fr. 75 cent. Ci pour 12,000 hectolitres.................................. 57,000

TOTAL.................... 839,000 fr.

La différence de l'hectolitre comble à l'hectolitre ras varie suivant les habitudes locales. A Valenciennes, elle est de 5 à 4 ; à Saint-Quentin, de 9 $\frac{1}{2}$ à 8 ; à Newcastle en Ecosse, de 9 à 8, etc. A Amiens, on ne connaît que l'hectolitre ras, et cela vaut beaucoup mieux.

NOTE 2, page 8.

L'hectolitre de charbon de terre, mesure rase, pèse environ.. 80 kilog.

Le stère de bois à brûler........................... 540

La pile de tourbe de 50 francs................. 2750

Je suppose, et en cela je m'appuie sur des expériences que je n'ai point faites moi-même, que 80 kil. de charbon de terre, ou 180 kil. de bois à brûler, ou 250 kilog. de tourbe, fournissent la quantité de calorique nécessaire pour réduire en vapeur une même quantité

5

d'eau, à peu près 720 litres. Il faut conclure de là que la chaleur usée dans Amiens coûterait, si elle était tirée du bois seul. 906,667 f.

De la tourbe seule... 772,727

De la houille seule... 807,500

La chaleur produite par les 27,000 stères de bois, consumés annuellement dans Amiens, coûte.................. 432,000 fr.

Pour obtenir le même résultat, il faudrait brûler 7,364 piles de tourbe, qui reviendraient ensemble à........ 368,200

Le luxe, ou plutôt l'avantage réel, de se chauffer avec du bois au lieu de tourbe, se paie donc par les habitans d'Amiens............................ 63,800 fr.

Note 3, page 8.

Voici le détail du prix auquel reviendront les charbons dans Amiens, après la confection du *Canal du Duc d'Angoulême* :

	CHARBON menu.		CHARBON en pierre.	
	F.	C.	F.	C.
L'hectolitre de charbon, *mesure comble*, s'achète à Valenciennes, livré dans les bateaux...	1	50	2	50
De Valenciennes à Saint-Quentin, le transport s'effectue aujourd'hui, toutes dépenses comprises, moyennant 13 s. $\frac{1}{2}$ par hectol., ci..	0	67	0	67
De Saint-Quentin à Amiens, il y a 22 distances de 5 kilomètres. Comptons, pour l'octroi de navigation, 10 centimes par tonneau et par distance ; le tonneau paiera 2 fr. 20 cent., et l'hectolitre comble, qui pèse à peu près $\frac{1}{10}$ de tonneau.................................	0	22	0	22
De Saint-Quentin à Amiens, un bateau chargé de 100 tonneaux louera, pour chaque intervalle de 5 lieues, un attelage de 3 chevaux, et dépensera de cette manière environ 67 f. 50 c. Le retour à vide coûtera le tiers.. 22 50 Loyer du bateau, combustible pour l'usage des bateliers pendant 90 f. 00	1	39	3	39

	CHARBON menu.		CHARBON en pierre.	
	F.	C.	F.	C.
Report. 90 f. 00	2	39	3	39
la route, et menus frais de toute es-				
pèce, ensemble................ 200				
Total pour 100 tonneaux.. 290 f.				
Et pour un hectolitre............	0	29	0	29
Déchargement, transport depuis le bateau				
jusque dans les magasins, droit d'entrée dans				
la ville d'Amiens, etc., etc., par aperçu.....	0	32	0	32
Total pour l'hectolitre comble pesant				
100 kilogrammes.............	3	00	4	00
Ce qui donne pour l'hectolitre ras, ou 80 kil.	2	40	3	20

La moyenne arithmétique entre ces deux prix est 2 fr. 80; mais on aurait tort de calculer de cette manière le prix moyen, parce que, dans les transports, le charbon en pierre se grage, et qu'il éprouve ainsi un déchet auquel l'autre n'est pas exposé. A Valenciennes, la différence de prix est d'un franc *par hectolitre comble*; dans Amiens, elle est aujourd'hui d'un franc cinquante centimes *par hectolitre ras.* Il faut reconnaître que le gros charbon, transporté par eau, n'aura pas à beaucoup près le même déchet qu'aujourd'hui; il se brisera néanmoins toujours un peu, dans les chargemens et les déchargemens. Je pense que l'on peut adopter 3 francs comme prix moyen de l'hectolitre de charbon rendu dans les magasins d'Amiens : on se souviendra que c'est un maximum.

NOTE 4, page 14.

Détail pour les transports par eau depuis le Hâvre jusqu'à Paris:

	PRIX par tonneau.	TEMPS du voyage.
	F. C.	J.
Le fret coûte par tonneau, du Hâvre à Rouen, terme moyen..........................	11 00	
La durée du voyage est fort variable; elle est quelquefois de 2 jours, quelquefois de quinze : prenons..........................		6
Le prix ordinaire de l'assurance est de ½ p. ⁰⁄₀ de la valeur des marchandises. En composant un prix réduit avec ceux de diverses denrées, on a trouvé, pour la valeur du tonneau, 2,000 fr.; ci pour l'assurance..........................	10 00	
Débarquement et rembarquement des marchandises à Rouen, manœuvre obligée d'après un règlement des Douanes..................	5 00	1
Transport de Rouen à Paris, par les *bateaux accélérés* de la Compagnie Maynard..........	35 00	7
Total..............	61 00	14

Le prix du fret de Rouen à Paris, par bateau accéléré, est invariable; par les bateaux ordinaires, il varie de 20 à 27 francs, suivant l'abondance des marchandises à Rouen.

Il peut y avoir, l'un dans l'autre, 10 fr. à gagner par 1000 kilog. en se servant des bateaux ordinaires; mais il y a une semaine à perdre : car la durée du voyage est de 6 à 8 jours pour les bateaux accélérés, et de 12 à 15 pour les autres. Je sais que cela ne se compense pas toujours, et que souvent 5 à 6 journées de retard sont peu de chose pour un négociant, tandis qu'il lui importe d'économiser 10 francs par tonneau. Je n'adopte pas moins 61 francs comme prix ordinaire du fret, du Hâvre à Paris, parce que mon dessein est seulement d'établir la différence du prix de transport par la Seine, avec le prix de transport par la Somme, et que dans la

note 6, en calculant le prix du fret, de Saint-Valery à Paris, je sup-
poserai que le halage, sur le *Canal du duc d'Angoulême* et sur le
canal Crozat, se fasse au moyen de plusieurs chevaux, et en 5 jours,
au lieu qu'il pourrait être effectué avec un seul cheval, ou même à
bras d'homme, en 8 ou 9 jours. J'ai tâché de placer, sur les deux
routes, les bateaux dans des circonstances comparables.

Note 5, pages 15 et 31.

Transport par eau et par terre du Hâvre à Paris.

Le transport par eau, du Hâvre à Rouen, demande, comme on
l'a vu, *note* 4 . . . . 26 f. 00 c. | 7 j.

Le transport par le roulage, depuis Rouen
jusqu'à Paris, coûte de 4 fr. à 4 fr. 50 cent. par
quintal métrique ; ci pour 10 quintaux, prix
moyen. 42   50 | 4

        Total. . . . . 68 f. 50 c. | 11 j.

Transport par terre du Hâvre à Paris.

Deux causes, l'état de la rivière et la quantité de marchandises
à transporter, produisent de grandes variations dans les prix qu'ob-
tiennent les rouliers, pour les transports depuis le Hâvre jusqu'à
Paris. Quelquefois ils se contentent de 5 fr. 50 c. par quintal métrique, quelquefois on leur donne 8 et même 9 fr. 7 francs est une
moyenne assez exacte. Total par tonneau. 70 *francs et 7 jours.*

Transport par eau et par terre de Saint-Valery à Paris.

Transport par la Somme de Saint-Valery à Amiens ; pour cha-
que tonneau. . . . . 17 f. | 4 j.

Débarquement à Amiens, et chargement sur les voi-
tures. . . . . 5 | 1

Transport par terre d'Amiens à Paris. . . . . 35 | 4

        Total. . . . . 57 f. | 9 j.

Ces résultats font voir que la route par Amiens serait, même dans
l'état actuel des choses, la plus avantageuse pour aller de la mer à
Paris. Cependant bien peu de marchandises sont expédiées par cette

voie; et la cause de cela, c'est l'extrême incommodité du port de Saint-Valery. Ce sera toujours là la plaie du *Canal du Duc d'Angoulême*. Tant que ce malheureux port ne sera point amélioré, ou que le canal n'aura point quelqu'autre embouchure dans la mer, les gros navires iront tous au Hâvre : les petits bâtimens seuls viendront à Saint-Valery, si les avantages du canal compensent les inconvéniens du port de mer. Voilà pourquoi j'ai appuyé (page 31 du Mémoire) sur la nécessité de rendre fort modéré le tarif des droits à percevoir sur le canal, et pourquoi j'ai dit qu'il n'était pas sûr que l'on pût faire monter le produit annuel du péage jusqu'à 360,000 francs.

NOTE 6, page 14.

Pour haler les bateaux sur l'Oise et sur la Seine, on est obligé d'employer de forts chevaux que l'on paie 8 et 9 fr. par jour. Sur le *Canal du duc d'Angoulême*, on se servira de chevaux médiocres, ou de mulets, ou d'ânes, et chaque bête se louera tout au plus 4 fr. à 4 fr. 50 cent. par jour.

Pour haler, depuis Saint-Valery jusqu'à Amiens, un bateau chargé de 100 tonneaux, il faudra deux couples de chevaux. Chaque attelage fera 6 lieues, et coûtera 18 fr., ainsi pour les 17 ou 18 lieues, on dépensera, ci...... 54 f. 00 c.

D'Amiens à Manicamp, on attèlera 5 fois; chaque attelage sera de trois chevaux, et se louera 13 fr. 50 c. ; ci pour 5............ 67 50

De Manicamp à Sempigny, navigation en rivière...(d'après les prix d'aujourd'hui.)	4 chevaux, à 18 f. les deux.	36 f.	57 00
	2 hommes..............	16	
	déjeuner..............	5	
De Sempigny à Compiègne. (Prix actuels.)	chevaux..............	54	108 00
	hommes et nourriture...	30	
	passages de pont........	24	
De Compiègne à Conflans... (*Idem.*)	octroi de Compiègne....	10	266 00
	chevaux..............	80	
	compagnons...........	80	
	passages de pont........	40	
	octroi de Pontoise......	26	
	nourriture............	30	
De Conflans à Paris........ (*Idem.*)	chevaux..............	240	496 00
	compagnons...........	80	
	octroi du Pecq.........	30	
	octroi de Neuilly.......	8	
	octroi de Paris.........	8	
	renforts..............	100	
	nourriture............	30	

1,048 f. 50 c.

Report. 1,048 f. 5o c.

Dépense pour le retour du bateau à vide, par aperçu......... 5oo   oo

Loyer de bateau et de cordages, compris retour et temps perdu. 45o   oo

Droits de navigation sur le *Canal du Duc d'Angoulême* et sur
le canal Crozat, calculés à raison de 25 cent. par tonneau et par
distance de 5 kilomètres. Pour 36 distances, chaque tonneau paiera
9 francs, et 100 tonneaux................................... 9oo   oo

Nota. De ces 36 distances, il n'y en a que 3o sur le *Canal du Duc
d'Angoulême.*

TOTAL................... 2,898 f. 5o c

Ce qui donne par tonneau 28 fr. 985. En somme ronde....... 29 f. oo c

NOTE 7, page 15.

J'écris pour éclairer les personnes qui seraient disposées à placer
des fonds dans l'entreprise du *Canal du Duc d'Angoulême.* Je suis
persuadé que ce sera un placement sage et bien entendu, mais je
ne demande pas à être crû sur parole; je ne garantis rien, et je trou-
verai fort bon que l'on vérifie froidement toutes mes assertions. J'ai
dit que l'on transporterait de Saint-Valery vers Paris environ qua-
rante mille tonneaux par an, c'est-à-dire 40,000,000 de kilog. de
diverses denrées et marchandises; voici pourquoi je l'ai dit :

Le chargement des navires de toute grandeur venant de la mer,
et entrés au port de Rouen, dans le courant de l'année 1820, s'est
élevé, en somme, à 161,367 tonneaux; sur laquelle quantité, 80 à
100 mille tonneaux peuvent avoir été expédiés vers Paris.

On calculerait à faux, si l'on supposait que le commerce n'attend
que l'achèvement de notre canal pour faire arriver ces 80,000 tonn.
par la Somme. Le port de Saint-Valery reçoit des bâtimens de 5o tonneaux, de 100 tonneaux, quelquefois de 15o, et presque jamais de
200. Ces derniers et ceux d'un plus grand tonnage vont au Hâvre,
et le *Canal du Duc d'Angoulême* ne les empêchera pas d'y aller,
parce que l'état actuel du port de Saint-Valery les y oblige. Les
denrées coloniales viennent ordinairement sur des navires de plus
de 15o tonneaux; elles continueront donc d'entrer dans la Seine.
Il n'en sera pas tout-à-fait ainsi des huiles de Provence, des savons
de Marseille, des vins, des sels, et de diverses denrées qui se trans-
portent par le cabotage et par de petits navires, que le port de Saint-
Valery est capable de recevoir. Les armateurs de ces bâtimens,

lorsqu'ils n'auront pas de motifs particuliers d'aller au Hávre ou à Rouen, chargeront pour Saint-Valery : c'est principalement là-dessus qu'il faut compter, du moins pendant long-temps, pour préjuger ce que Paris recevra par Saint-Valery et le canal neuf.

J'ai donc recueilli les données suivantes :

Vins en cercles arrivés à { En 1818. — 17,843,638 litres.
Paris par la Basse-Seine.. { En 1819. — 4,389,180

Moyenne entre deux années, l'une forte, l'autre faible. 11,116,409 litres, que je compterai comme.. 11,116,409 kil.

Eaux-de-vie......... { En 1818. — 1,074,715 litres.
{ En 1819. — 865,342

Moyenne... 970,028

Nota. Je compte pour chaque litre un kilogramme, parce que je néglige les vins en bouteille et les liqueurs.

Sels sortis des magasins de l'entrepôt de Paris, et qui étaient venus par la Seine. { En 1819. { Sels pour la consommation 10,452,027 k.
Id. pour la fabrication de la soude............. 1,263,891
En 1820. { *Id.* pour la consommation 10,818,586
Id. pour la fabrication de la soude........... 2,249,100

|TOTAL pour deux années....... 24,783,604 k.

Moyenne.. 12,391,802

Tabac arrivé à Paris, par la Basse-Seine, en 1820.......... 1,862,000
Dans un écrit intitulé, *Recherches sur les Consommations de Paris*, etc., publié en 1820, par M. *Benoiston de Châteauneuf*, il est dit, page 77, que la quantité d'huile d'olive qui entre dans Paris, année commune, est de 6,673 hectolitres pesant ensemble 617,252 kilogrammes. En ajoutant à ce poids celui des autres huiles qui remontent également par la Seine, on peut compter sur au moins 700,000 kilog. ; ci.............................. 700,000
Savons de Marseille, suivant le même ouvrage............. 4,650,250

TOTAL........................... 31,690,489 kil.

On transportera la plus grande partie de ces marchandises par le *Canal du Duc d'Angoulême*, lorsque la navigation y sera établie d'un bout à l'autre. Il faut ajouter que les sucres, les cafés, le cacao, les épiceries de toute espèce, le suif, la morue, l'étain, le fer, les fromages, les cuirs, les marbres, etc., etc., qui seront importés par de petits navires, entreront dans l'embouchure de la

Somme; j'estime le poids des diverses marchandises qui pourront arriver ainsi, à plus de 10 millions de kilogrammes par an. Mais je compterai moins, à cause des vins, des sels, des huiles et des savons qui pourront encore être expédiés par la Seine, et je m'arrêterai à un total de 40 MILLIONS DE KILOGRAMMES.

NOTE 8, page 16.

Extrait des prix courans de Losh, Wilson et Bell, négocians-commissionnaires à Newcastle. De février 1820.

Prix du charbon..........	Criblé.			Non criblé.		
Achat de 80 chaldrons (le chaldron équivaut à 30 hectolitres *mesure comble*); 12 schellings par chaldron, pour le charbon criblé, ci......	l.st.	sc.	d.	l.st.	sc.	d.
	48	0	0			
1 livre sterling pour le charbon non criblé, ci......				80	0	0
Droit d'exportation par *navire anglais;* pour le charbon criblé, 6 sch. 2 deniers par chaldron, ci........	24	13	4			
Pour le charbon non criblé, une livre st. 2 sch. 2 d., ci...............				88	13	4
Plus, pour l'un comme pour l'autre, un demi pour cent du prix d'achat........................	0	4	10	0	8	0
Nota. Le droit est plus considérable par navire non anglais.						
Arrimage, 2 sch. 6 d. par chaldron.............	10	0	0	10	0	0
Connaissemens, correspondance, timbres, etc.....	5	5	0	50	5	0
Passage devant Douvres......................	1	8	0	1	8	0
	89	11	2	185	14	4
Commission, 2 pour 100.	1	15	10	3	14	3
Prix du fret de Newcastle à Saint-Valery sur Somme; 17 liv, sterl. par kell (poids d'à peu près 21 tonneaux français, et correspondant à celui de 8 chaldrons). Cela donne pour 80 chaldrons....................	170	0	0	170	0	0
Deux tiers des frais de pilotage, feux, etc., au compte de la cargaison, évalués à 15 pour 100 du prix du fret................................	2	5	1	0	25	10	0
Prix des 80 Chaldrons rendus à Saint-Valery.......	286	17	0	384	18	7

C'est-à-dire 7,113 francs 88 centimes, pour 2,400 hectolitres de charbon criblé, et 9,546 fr. 24 cent. , pour la même quantité de charbon non criblé.

Nota. Le charbon criblé est celui qui peut passer entre des barreaux écartés l'un de l'autre de $\frac{3}{8}$ de pouce anglais.

	Crib'é.		Non criblé	
	F.	C.	F.	C.
Ainsi l'hectolitre revient, à Saint-Valery, à..............	2	96	3	98
Droit de Douane payé en France......................	1	28	1	28
Droit de navigation et de port, *id*...................	0	29	0	29
Prix de l'hectolitre comble..................	4	53	5	55
Et de l'hectolitre ras, compté comme huit neu-vièmes de l'autre........................	4	03	4	93

Note 9, page 17.

Prix des charbons de Charleroy.

Le muids de charbon en pierres, rendu sur le rivage de la Sambre à Charleroy , revient à 5 fr. au plus. Il pèse environ 500 kilog., et par conséquent donne 5 hectolitres combles ;
ci pour un hectolitre............................ 1 f. 00 c.

Droit d'entrée en France (30 c. par hectolitre ras).. 0   37

Pour le transport de Charleroy à Saint-Quentin, prenons le double de ce qu'il en coûte de Valenciennes à Saint-Quentin..................................... 1   34

Transport de Saint-Quentin à Saint-Valery......... 0   98

                                                     3   69

Chargemens, déchargemens et menus frais dont je ne puis me rendre exactement compte, $\frac{1}{10}$............... 0   37

Prix de l'hectolitre comble, rendu à Saint-Valery... 4   06

Le prix de l'hectolitre ras, pesant 80 kilog., sera les $\frac{4}{5}$,
ci.. 3 f. 25 c.

Il ne faut pas considérer cela comme une donnée bien précise : j'ai tâché seulement de me tenir au-dessus de la vérité.

Note 10, page 29.

En supposant la somme de 6 millions, réalisée de mois en mois, au moyen de soixante versemens égaux, dont le premier aurait lieu le 1er août 1821, et le dernier le 1er juillet 1826, on voit qu'à

raison de 6 pour 100 par an, l'intérêt dû au 1ᵉʳ septembre 1821, serait de............................... 500 f.

    Au 1ᵉʳ octobre , de........... 1,000

....

    Au 1ᵉʳ juillet 1826, de............ 59 × 500, ou 29,500

La somme de cette progression est $\dfrac{500+29,500}{2}$ × 59 = 885,000 f.

A quoi ajoutant l'intérêt pour les 6 derniers mois de
1826, ci.................................... 180,000

On a un total de............................ 1,065,000 f.

D'après le projet d'acte de concession, il n'y a que la moitié des
fonds seulement qui doive produire intérêt pendant l'exécution des
travaux; ainsi le total de l'intérêt à comprendre dans les dépenses
du canal sera de 532,500 fr.

Il faudra donc économiser à peu près cela sur l'estimation du
31 décembre 1818. Je crois qu'on le pourra faire, si l'on retranche
d'abord de l'estimation 199,974 fr. destinés à payer des acquisitions
de maisons dans Abbeville, dépense dont la ville a offert de se
charger, et dont, à la rigueur, la navigation n'a pas besoin.

Nota. *Trop d'élémens variables et divers doivent entrer dans l'é-
valuation des produits du canal, pour qu'il ne reste pas toujours
dans cette évaluation, quelque chose de vague et d'hypothétique :
c'est ce qu'il ne faut point perdre de vue, en parcourant les
notes 11, 12 et 13.*

Note 11, pages 25 et 29.

Estimation des revenus du Canal.

On a supposé, *note 7*, que Paris tirerait de Saint-Valery-sur-
Somme, en vins, sels, etc., par la voie du canal du Duc d'Angoulème, un poids d'environ 40,000 tonneaux chaque année. Le droit
de navigation étant fixé à 25 cent. par tonneau et par distance de
5 kilomètres, et la longueur du canal, depuis Saint-Valery jusqu'à
Saint-Simon, étant composée de 30 distances, chaque tonneau
payera 7 fr. 50 cent., et les 40,000 tonneaux.......... 300,000 f.

                                        300,000 f.

Report. 3oo,ooo f.

Prenons 2,ooo tonneaux en sus , pour le poids des marchandises destinées pour Saint-Quentin , Laon , Soissons , Compiègne, etc. , ci.................... 15,ooo

Je ne crois pas qu'on emploie aujourd'hui dans la vallée de la Somme, depuis Ham jusqu'à la mer, plus de 3o,ooo hectolitres de charbon de terre par an. Si , après l'exécution du canal , on en consomme cinq fois autant, ce sera beaucoup. 15o,ooo hectolitres pèsent à peu près 15,ooo tonneaux; pour chaque tonneau de houille, transporté, terme moyen, sur 15 distances, il sera payé , conformément au tarif, 1 fr. 5o cent. , ci pour 15,ooo tonneaux. 22,5oo

Admettons que dans une année, les cendres minérales, les vins et les autres objets, apportés du canal Crozat, forment ensemble un poids de 4,ooo tonneaux. Si le droit est de 20 centimes par tonneau et par distance , et que ces marchandises parcourent, l'un dans l'autre , 15 distances, les 4,ooo tonneaux laisseront, dans les bureaux de recette du canal, ... 12,ooo

On expédie annuellement de Péronne, vers Pont-Sainte-Maxence, 170 à 18o,ooo hectolitres de grains pour l'approvisionnement de Paris ; cela forme un poids d'environ 1,3oo tonneaux. Chaque tonneau payera environ 1 fr. sur le *Canal du Duc d'Angoulême* 1,3oo

La ferme de la pêche, la récolte des herbes sur les digues , les transports de ville à ville dans la vallée, etc., etc. , pourront produire ensemble...... 3o,ooo

———

38o,8oo

De ce nombre il faut déduire, pour l'entretien annuel des digues, des ouvrages d'art, des plantations, etc.; pour les frais d'administration, de surveillance, de perception, etc., et pour le paiement de l'impôt, ensemble , par aperçu.................................... 2oo,ooo

Reste net........ 18o,8oo

NOTE 12, pages 25 et 29.

Augmentation des revenus de l'état , due au Canal du Duc d'Angoulême.

Les 40,000 tonneaux , transportés annuellement depuis Saint-Valery jusqu'à Paris , payeront , pour droits de navigation , depuis la sortie du *Canal du Duc d'Angoulême* , jusqu'à l'entrée du canal de Saint-Denis, sur 40 lieues de longueur , 2 fr. 80 cent par tonn. , ci . . . . 112,000 f.

2,000 tonneaux , destinés pour Saint-Quentin , Compiègne, etc 3,000

15,000 tonneaux de houille, transportés depuis Valenciennes jusqu'à l'entrée du *Canal du Duc d'Angoulême,* et payant, comme aujourd'hui , 2 fr. 43 cent. par tonneau , ci 36,450

4,000 tonn. (poids des vins, pierres, cendres, etc., destinés pour la vallée de la Somme ou pour Saint-Valery), laisseront, dans les bureaux de perception sur l'Oise, sur l'Escaut et sur le canal de Saint-Quentin, à peu près 1 fr 50 cent. l'un, ci 6,000

1,300 tonneaux (poids des grains venant de Péronne, et expédiés vers Pont-Sainte-Maxence et Creil), payeront chacun 2 fr. à peu près , ci 2,600

Je néglige une foule d'articles , dont l'appréciation exacte serait difficile, et quant aux prix que l'on vient de lire, on peut remarquer combien il sont modiques.

160,050 f.

Nota. On devrait déduire de cette somme le produit actuel du droit de navigation depuis Amiens jusqu'à Saint-Valery, et une partie de celui qu'on perçoit sur la Seine depuis le Hâvre jusqu'à Paris ; mais je suppose que cette diminution des revenus publics pourra être balancée par l'économie que l'on fera sur les dépenses d'entretien des routes, et par les avantages que je n'ai point comptés.

NOTE 13, pages 25 et 29.

On a fait voir , page 9 , en parlant des combustibles , que la ville d'Amiens économiserait par année, sur cet objet seul, si le *Canal du Duc d'Angoulême* existait. .... 195,500 f.

Ce n'est pas trop de supposer que toutes les autres villes de la vallée ensemble obtiendront un avantage égal à celui de la seule ville d'Amiens, ci 195,500

Il n'est pas aisé d'apprécier en argent tout ce que le *Canal du Duc d'Angoulême* fera de bien dans le département de la Somme. Combien gagnera l'agriculture? Combien l'industrie et le commerce? Tous bénéficieront, cela est certain; mais les bases sur lesquelles il faudrait asseoir le calcul des bénéfices sont trop nombreuses, et dépendent de trop de circonstances, pour que l'on ose s'y appuyer sans une extrême réserve. Ne prenons pour tout cela réuni qu'une valeur équivalente à l'épargne obtenue sur les dépenses en combustible.. 391,000

Total .... 782,000 f.

FIN.

PARIS, IMPRIMERIE D'A. EGRON, RUE DES NOYERS N° 37.

www.ingramcontent.com/pod-product-compliance
Lightning Source LLC
Chambersburg PA
CBHW060442260626
47161CB00005B/2043